Projet 413

Tony ARCAS

Dépôt légal mars 2019
ISBN : 978-2-9564031-0-4

Merci à ma famille et mes amis qui m'ont permis de mener à bien ce projet.

A vouloir mettre tout notre savoir dans des machines, on en oublie de le transmettre à nos enfants...

1

LE REVEIL

J'ouvre les yeux. Le noir quasi total autour de moi m'empêche de distinguer quoi que ce soit. Une odeur forte flotte dans l'air. Le renfermé ? Non il y a autre chose. La mort !

Mais où suis-je ? Je me sens faible à ne plus pouvoir bouger. Ça y est, je me souviens ! L'accident ! Mon bras ! Je ne sens pas mon bras ! Ma prothèse est bien là pourtant. Pourquoi ne fonctionne-t-elle pas ? Et cette odeur... Il faut que je sorte de là.

Je me traine hors de mon lit. Je ne sais pas combien de temps je suis resté dans ce coma artificiel mais j'ai l'impression de ne plus avoir de muscles. Allez, du nerf ! Je dégrafe les tuyaux encore fixés sous ma peau et je traine ma carcasse hors de cet enfer. L'hôpital est désert. Seuls quelques rongeurs semblent donner vie à cette toile sinistre. Des cadavres asséchés jonchent le couloir. La salle des stocks a l'air d'avoir été vandalisée. Mais que s'est-il passé ?

J'arrive enfin près de la sortie. La lumière me détruit la rétine. Tout ce qui est devant moi n'est que ruines et désolation. Des débris de verre sont étalés sur le sol. Ce si bel établissement n'est plus que l'ombre de lui-même. L'accueil principal de l'hôpital semble avoir abrité quelques squatteurs, qui ont certainement quitté les lieux à présent. Encore quelques efforts et je suis dehors. Je respire enfin. Je n'ose pas ouvrir les yeux. Qu'est-ce qu'il m'attend à l'extérieur ? Une fine brise vient caresser mon visage en sueur. J'ouvre mes paupières laissant mes pupilles douloureuses découvrir ce paysage magnifique et effroyable à la fois : une ville fantôme où la végétation vit en harmonie avec les vestiges de cette civilisation à son apogée que j'ai très bien connue. Tout semble avoir été figé dans le temps. Comme si la population avait déserté les lieux en laissant tout en plan. D'ailleurs, à ce que je vois, certaines personnes se sont figées, elles aussi, dans cette terne vision de la réalité. Des corps inanimés habitent encore quelques-uns des véhicules, comme s'ils ne s'étaient rendu compte de rien.

La faim me tiraille. Il faut que je me pose et que je mange. Et ce bras, ce bras inerte me pèse. Comment une prothèse en bio-greffe peut-elle ne pas fonctionner ? Ça fait pourtant bien des décennies que ce genre de matériel ne fait plus l'objet de retour constructeur. Je verrai ça plus tard. Il faut que je mange !

Cela fait déjà quelques longues minutes que j'ère dans cette rue déserte sans rien trouver. Je vais devenir fou !

Ah ! Là-bas ! Ce bâtiment fera un bon abri, en espérant y trouver de quoi manger. Encore quelques pas et j'y suis. Allez, un petit effort... Tu peux le faire mon vieux !

C'était un vieil hôtel du 21e siècle, « Le Burdigalien», qui avait été modernisé pour en faire des habitations. Tout ce béton, ça donne du charme à cette bâtisse. Ici aussi il n'y a personne apparemment. Il me semble apercevoir un distributeur. Super ! Il y reste de quoi manger. Même dans des cas de fin du monde, personne ne touche aux paquets de Dr Brix. C'est tellement immonde. Mais bon, il faut bien reprendre des forces.

Après une bonne heure de sommeil, je me décide à visiter quelques habitations dans l'espoir de trouver de quoi me vêtir, car la chemise d'hôpital ça va un temps. Et il me faut un peu de vivre pour bouger de ce trou. Cet arrière-goût de gélatine protéinée me reste dans ma bouche. C'est horrible. Mais pour le moment, je n'ai que ça. Allons voir ce que je peux trouver.

Je parcours d'appartement en appartement. J'ai trouvé un vieux jean old school et un T-shirt blanc troué. Une fine veste marron clair légèrement trop grande fera l'affaire en attendant de trouver mieux. Le réseau d'eau ne semble pas totalement asséché. Même si l'eau n'est pas très limpide, je vais me remplir quelques bouteilles. Ce sac à dos devait appartenir à une jeune fille. Rose avec de fleurs, ce n'est pas trop mon genre mais vu la population extérieure, je ne pense pas trop craindre le regard des autres. Puis je ne suis pas là pour faire un défilé de mode. Les androïdes rachitiques le faisaient déjà assez bien comme ça. Bon, j'ai de quoi m'hydrater, de quoi manger pour la journée et quelques fringues. J'ai même trouvé, dans une habitation, une vieille hache de pompier. Elle n'a pas dû servir depuis un bon siècle. Les gens conservent vraiment n'importe quoi. Ça me sera quand-même bien utile.

C'est décidé, je vais passer la nuit ici et partir au matin car le soleil cogne dehors. Bien plus que ce que j'ai connu auparavant. Sans doute une année record dont on a droit tous les cinquante ans.

La nuit fut paisible et le réveil bien douloureux. De violentes crampes me rappellent instantanément mon long moment d'inactivité comateuse. Avant de partir, il me faut une idée d'où aller. Partir pour finir séché comme ces gars dans les voitures, très peu pour moi ! Je prends mon courage à une main et je monte au sommet de l'hôtel. Treize étages, ça tire dans les pattes. Du toit, j'admire la vue. Je n'avais jamais pris le temps de contempler le paysage et la grandeur de cette ville. Les écrans ont pratiquement remplacé les yeux et la découverte des gens. Ah, la technologie. C'est beau quand ça marche. En regardant au loin, j'aperçois quelque chose d'intéressant près de la réserve naturelle : le musée d'histoire et découverte. Si je peux trouver de quoi survivre, c'est là que je dois chercher. Il doit sûrement y avoir des tas d'ustensiles des temps anciens qui me permettront d'avancer dans ce monde. Je pense qu'avoir trop fait confiance à la technologie nous a joué des tours. L'assistance totale que l'on pouvait jouir grâce à elle nous a éloigné de tout instinct de survie. Ça va être dur. Très dur. Et si je continue à me parler à moi-même, je vais finir par sombrer dans la folie !

Je redescends de l'immeuble tout en prenant soin de récupérer tout ce qui pourrait être utile sans être trop encombrant.

Me voilà parti, arpentant la ville déserte. La végétation a repris ses droits sans avoir dénaturé l'aspect technologique de la ville. La flore murale a fini par s'étendre sur la quasi-totalité des façades. Quelques animaux ont élu domicile dans les bâtiments. Et ces plantes jaunâtres, ça doit être l'effet du soleil. Trêve de contemplation, il faut que je reste concentré car je pense que j'ai encore une bonne dizaine de kilomètres avant d'arriver au musée. Donc ce n'est pas le moment de s'éparpiller.

Plus d'une heure après mon départ et toujours aucun signe de vie humaine. Mais j'ai l'impression que l'on m'observe. La ville paraît hantée par les âmes des disparus. Un bruit ! Les fantômes sont là. Ils me veulent. Ils en ont après ma vie. Il faut que je leur échappe ! Je les sens tout près. Là ! Un endroit à l'abri des regards. Vite ! Ils sont partis. Allez, souffle Stan. Souffle un bon coup. Depuis quand les fantômes existent-ils ? Ça n'a jamais était prouvé. Mais ils paraissaient tellement vrais. Non, réfléchis. Ce soleil me tape sur la tête. Je deviens dingue ! Il faut que je me ressaisisse ! Un peu d'eau me fera du bien. Elle est vraiment dégoûtante. J'espère qu'elle est encore potable. Survivre à l'apocalypse et mourir comme un imbécile en buvant de l'eau contaminée, ça serait stupide.

Une courte pause et me voilà reparti. Je n'en peux plus, la douleur m'envahit et mon esprit ne se focalise plus que sur elle. Mes pensées s'évadent un instant. Je repense à mon frère. J'espère qu'il n'a rien. Il faut dire que depuis la mort des parents, j'ai tout quitté pour partir et je me suis fait à la vie en solitaire. Cette situation commence à remplir ma tête. Et si mon frère, mes proches et tout ce que je connaissais n'avait pas survécu ? Si la catastrophe qui a frappé la ville avait frappé le reste du monde ? Suis-je le seul survivant de ce désastre ? Non, impossible. Je n'ai rien d'un surhomme ni d'un héros. Il ne peut pas en être ainsi. Il faut que je trouve quelqu'un. Il doit bien rester des survivants dans ce monde de fou ?

Je progresse de zone d'ombre en zone d'ombre tout en guettant s'il ne reste pas des vivres par-ci par-là. Je ne trouve malheureusement pas grand-chose. Je vais devoir essayer de chasser. Cette pratique archaïque avait été abolie depuis l'introduction des viandes élevées en laboratoire, mais quand on a que ça... Je me poserai ce soir pour réfléchir à la chose. Le chemin n'est pas terminé et je ne suis pas à l'abri d'un reste de nourriture trainant dans une habitation.

J'arrive enfin au niveau de la rue principale allant au musée. C'est la dernière ligne droite avant un repos bien mérité. Je m'avance petit à petit et je distingue au loin le haut du musée. C'était une immense bâtisse moderne aux traits anciens. L'architecte avait copié le style renaissance et se l'était approprié pour en faire un bâtiment avec un immense escalier terminé par de grandes colonnes de pierres gardant l'entrée, et des façades courbes faites de métal et de verre. Plusieurs balcons soulevant des jardins de plantes venues des quatre coins du monde, le tout bâtit autour d'un patio abritant le plus vieil arbre de la région. Un véritable chef d'œuvre d'alliance entre ancien et technologie. Il me tarde de voir dans quel état il est.

Mais qu'est-ce que... ? Vous là-bas, attendez ! Ne partez pas ! La silhouette s'est évanouie dans la ruelle à droite. Je m'efforce de la suivre au plus vite que je peux. Pas le temps de m'attarder sur mes douleurs, il faut que je rattrape cette personne. Là, à gauche ! Vite. Attendez !!

Je l'ai perdu. Je ne suis pas seul. Ou suis-je totalement fou ? Plus de trace de quiconque. Cette course inutile m'a anéanti, mais il faut que je rejoigne la rue principale. Il me semble que je peux couper par là. C'est effrayant comme tout me semble à la fois familier et étranger. L'impression d'être dans un rêve lucide sans la fantaisie abracadabrante d'un rêve. Je contourne quelques bâtiments dans des ruelles toutes plus sombres les unes que les autres. Un frisson m'envahit. Avec un peu d'observation, je me rends compte que peu de portes n'ont pas étaient enfoncées ou vandalisées. Je perds peu à peu espoir sur ce que je vais trouver au musée. Restons lucide. Si j'y ai pensé, quelqu'un d'autre y a aussi pensé avant moi. Je tente quand même le coup. De toute façon je ne peux plus reculer.

Mais ! C'est moi ou... Vous ! Attendez ! Je ne vous veux aucun mal ! Il y a l'air d'y avoir de la vie là-bas.

Aïe ! Mais qu'est-ce qu... ?

2

LA RENCONTRE

Ma tête me fait atrocement mal. Comme si j'avais besoin de ça. J'ouvre les yeux qui sont toujours aussi endoloris. Je crois que je suis contraint aux réveils difficiles. Mes mains et mes pieds sont liés. Ils m'ont attaché à une chaise. Je me trouve dans un appartement assez lumineux et plutôt bien entretenu par rapport au reste de la ville. Les murs sont blancs jaunissant. Deux grandes étagères bien fournies en nourriture et pièces de métal diverses. Rien n'est vraiment rangé, juste empilé pour stocker. J'aperçois un dessin sur le mur représentant la ville de manière schématique et des annotations y figurent en rouge. Une table siège au centre de la pièce sur laquelle est posée ma hache et mon sac en partie vidé. De part et d'autre de la pièce se trouve deux portes. Vu l'agencement de la pièce, je suis sûrement dans une chambre réaménagée. Devant moi, une chaise et un verre d'eau attendent pour mon surveillant je suppose. J'entends des voix derrière la porte. Un homme plutôt mûr et une jeune femme.

- Qu'as-tu encore fait ma fille ? Tu sais bien que nul ne doit connaître notre existence sinon c'en est fini pour nous ! Je ne veux pas repartir sur les routes à fuir tous ces illuminés en quête de sang et de sacrifice.

- Je ne pouvais pas le laisser trouver l'entrée de notre camp ni le laisser se faire abattre par un Original ou pire. On vaut mieux que ça. Non ?

- Mais Anna, on ne connaît rien de cet homme. Ni d'où il vient, ni ses intentions. Et on ne peut pas se permettre d'accueillir tout le monde. On a déjà assez de mal à faire vivre la Communauté.

- Papa, écoute ! On a qu'à l'interroger et voir ce qu'il a dans le ventre. Pense qu'on a de moins en moins de main d'œuvre et que la population de la Communauté comptabilise beaucoup d'infirmes.

- Mais ce mec ne vaut pas mieux ! Il n'a qu'un bras !

- Peut-être mais il a réussi à me suivre sur une bonne distance dans son état. Il pourra sûrement nous être utile. Puis, si après l'interrogatoire, il ne te plait toujours pas, il sera encore temps de le jeter dans rue en proie aux charognards.

- Fait comme tu veux. De toute façon on ne peut pas discuter avec toi quand tu t'es mis quelque chose en tête.

Je n'entends plus rien ! Ils ont dû quitter la pièce d'à-côté. Où suis-je encore tombé ? Et c'est quoi cette Communauté dont elle parlait ?

Je tente de me défaire de mes liens mais en vain. Les nœuds sont trop serrés et je n'ai plus assez de force pour faire quoi que ce soit. Réfléchis Stan, réfléchis… Ils reviennent ! La poignée de la porte se met à bouger. Je fais profil bas. La porte s'ouvre. Aie l'air naturel. Tu ne peux pas crever ici. Pas comme ça !

Ils entrent.

- Réveille-toi la belle au bois dormant ! C'est pas l'heure de faire la sieste !

Je relève la tête je vois mes deux interlocuteurs. Un homme de la soixantaine, cheveux blancs et courte barbe plutôt bien entretenue, sûrement un ancien athlète, et une jeune femme, assez jolie je dois l'avouer, qui devait avoir à peine plus de vingt ans. L'homme est vêtu d'un ensemble en toile épaisse si sale qu'on en distingue à peine sa couleur grise d'origine. Il porte une prothèse mécanique, ancien modèle, sur sa jambe droite, lui remontant jusqu'au genou. Ça lui donne un côté vieux pirate des contes pour enfants. La fille, quant à elle, est en jean troué délavé et en tunique violette élimée aux extrémités. Un foulard poussiéreux est enroulé autour du cou et une paire de lunettes de glacier lui sert de serre-tête. Ils ont la peau mate, elle plus que lui. Comme cramée par le soleil. La crasse n'arrange pas les choses sur ce point.

L'homme s'approche de moi. Assez près pour que je sente son haleine horrible.

- Qui es-tu ? D'où viens-tu ? Que viens-tu faire dans les parages ?

J'étais tétanisé autant par la violence de son ton que par son odeur.

- Je m'appelle Stan. Stan Arcoy. Je me suis réveillé à l'hôpital hier. Tout ce que je me rappelle c'est d'avoir un accident qui m'a broyé le bras gauche et qu'on m'a mis en coma artificiel pour me poser une bio-greffe.

- Tu mens ! Encore un fou à qui le soleil a cogné trop fort sur la tête. Un coma artificiel. Pendant quatre ans. J'aurais tout entendu.

Il se mit à éclater de rire avant de reprendre son air agressif.

- Quatre ans ? Mais c'est pas possible. Mais que s'est-il passé pour que le monde devienne cet enfer ?

Je ne savais plus quoi penser. Disait-il la vérité ou était-ce pour me tester ? En même temps, une déchéance telle qu'il y a dehors, ne se produit pas en une semaine.

- Et oui mon vieux. Quatre putains d'années ! Et tu veux me faire croire que tu as dormi pendant tout ce temps ? Foutaises !

- En même temps Papa, ça se tient. Il n'a rien d'un survivant ni d'un Original. Encore moins d'un Harponneur

- Un Harponneur, un Original ? C'est quoi tout ça ?

- Tu feras la connaissance de tout ce beau monde bien assez tôt, me dit-il avec un sourire sarcastique.

L'homme s'en va, se dirigeant vers la porte.

- Rrrr. Je te le laisse, Anna. Mais s'il veut rester, il faut qu'il mérite sa place. Un coma de quatre ans, et puis quoi encore... tsss.

Il claque la porte derrière lui et je l'entends marmonner en partant. Anna s'approche de moi et s'assoit sur la chaise. Elle prend le verre et me le tend pour boire.

- Ton père n'a pas l'air commode dis-moi ?

- Faut l'excuser. Il n'a pas toujours été comme ça. Et pour info, ce n'est pas mon père.

- Mais pourtant tu l'appelles papa.

Elle se mit à sourire.

- Tout le monde ici l'appelle Papa. Il s'appelle Pat Pamster. D'où le surnom Pa-Pa. Puis ça lui va bien vu qu'il est l'un des derniers fondateurs de la Communauté. C'est un peu le père de ce lieu. Il a fait beaucoup pour nous et en a sauvé plus d'un.

- Ok. Moi c'est Stan. Peux-tu me dire ce qu'il s'est passé ici ? C'est quoi ce chaos ?

- T'as vraiment passé quatre ans dans le coma ? Bon pour faire simple, des trucs sont tombés du ciel, faisant des cratères énormes et s'en est suivi l'arrêt de tout ce qui touchait de près ou de loin à l'électronique. Tout a commencé par un flash info nous annonçant qu'une partie de la Nouvelle Russie avait disparu de tout radar, Ex-Japon et Chine inclus. Puis s'en est suivi d'une partie du bassin méditerranéen. Et quelques minutes après des lueurs dans le ciel et des explosions se sont fait entendre. Puis la panique ! Tout s'est arrêté. Des gens se sont écroulés de douleurs et d'autre se sont littéralement « éteints ». Une partie de la population est partie en hurlant que c'était la fin du monde. Les gens mourraient autour de nous sans aucune raison apparente. Tout ce que l'homme a créé s'est désactivé en l'espace d'un instant. Et c'est là que les gens sont devenus fous. On ne sait pas ce qu'il s'est passé ni l'origine de tout ça. Mais ça a foutu un beau bordel.

- Ça explique le disfonctionnement de ma bio-greffe. Mais que sont les Originaux et les Harponneurs dont tu parlais tout à l'heure ?

- Les Originaux sont d'anciens croyants qui ont fini par se faire enrôler dans cette secte. Tu te souviens du mouvement anti-technologie qui avait fait pas mal de bruit le siècle dernier ? Les Sangs-Purs. Après leur combat contre le métissage, ils voulaient stopper la démocratisation des bio-greffes en clamant que la médecine défiait Dieu en personne avec ses pratiques barbares et contre-nature. Et bien quelques jours après le Grand Bouleversement, c'est comme ça qu'on nomme ce jour funeste, ils ont refait surface et se sont servis des événements pour les attribuer à la main de Dieu. Beaucoup de croyants les ont rejoints et ils chassent aujourd'hui les « modifiés » pour les abattre au nom de leur Dieu. Une sorte d'Inquisition.

- La folie humaine... et les Harponneurs ?

- Eux, ils ne valent pas mieux. Ils sont arrivés bien plus tard. On les appelle comme ça parce qu'ils suspendent des gens sur des bouts de métal.

- Mais c'est horrible. Mais pourquoi ils font ça ?

- Ben à ton avis ? Pour les bouffer !

J'en frissonnais de terreur. Je me suis senti mal un instant et le goût des Dr Brix m'est remonté dans la gorge. Anna me raconte alors comment ces gens-là sont passés d'hommes à animaux en à peine un an. La famine, l'instinct de survie et les visions d'horreurs entre les morts réguliers et les opérations « épurations» des Originaux ont eu raison du reste d'humanité qu'ils possédaient.

Après m'avoir expliqué la situation actuelle et vue ma tête se décomposer face à la violence des infos qui me sont arrivés en pleine face, Anna décide de détacher mes liens. Elle me guide vers une pièce où se trouve un lit de fortune et me donne un sachet de nourriture déshydratée périmé avec un peu d'eau.

- Tiens ! Mange et repose-toi un peu. Demain sera une dure journée !

- Merci.

Elle s'en va et ferme ma porte à clef. De toute façon, je ne serais pas parti bien loin dans mon état. Je me jette sur ce qui me sert de dîner. Ça ne ressemble à rien. Ça n'a goût de rien. Mais ça me calera au moins pour la nuit. Et c'est toujours mieux que des Dr Brix. Mon poignet et mes chevilles me font mal. Les liens m'ont pas mal entamé la chair mais au final, je suis en vie. Je fini mon repas de luxe et je sombre sans me soucier de ce qu'il m'arrivera.

On tambourine la porte, ce qui me fait me réveiller en sursaut.

- Allez ! Debout la dormeuse !

La porte s'ouvre sur Pat. La lumière du jour m'aveugle un peu mais j'arrive à focaliser sur lui malgré le contre-jour. Il avait l'air de bonne humeur, enfin, meilleure qu'hier. J'entrevois des personnes traverser le couloir derrière lui et

Anna passe rapidement en lâchant un « Salut ! » avant de disparaitre. Pat me tire par ma prothèse pour que je me relève plus vite.

- Lève-toi et suis-moi ! Faut qu'on parle.

Je le suis en observant les va-et-vient des habitants. Ça serait donc ça la Communauté. Je me trouve en fait dans un des hôtels standing de la ville. Sur le sol, une moquette bleu foncé avec des motifs ondulés gris clairs. Les murs sont recouverts de parement en pierre blanche. Le plafond est, en fait, une immense baie vitrée incurvée laissant transparaitre les rayons du soleil. Le long couloir amène vers des salles de conférences dont une était ma salle d'interrogatoire. Beaucoup de verre et de pierre se mêlent dans des couleurs beiges, bleu et orange. J'aurais bien aimé visiter cet établissement avant la catastrophe. Il devait être splendide. Surtout qu'apparemment, l'éclairage se faisait par le sol. Maintenant la crasse et la poussière font partie du lieu laissant un aspect d'abandon. Plusieurs machines de services et d'entretien sont figées en plein travail. On peut deviner que celle-ci livrait une commande, celle-là nettoyait le sol ou encore que cette machine réceptionnait la clientèle. Mais plus rien ne bouge. Tout est statique à part les gens. Comme une nature morte dans laquelle les femmes et les hommes circulent et font leur vie. Les gens de la Communauté n'ont pas l'air malheureux mais bien endurcis par la vie. Beaucoup m'ignorent. D'un autre côté, ceux qui ne m'ignorent pas me regardent d'un sale œil. On arrive dans un local, une sorte d'atelier à l'ancienne, avec une femme en train de broyer je ne sais quoi à l'aide d'une sorte de marteau. Elle se retourne, c'est Anna.

- Alors, cette première nuit chez nous ? Pas trop difficile ? Et le repas, pas trop dégueu ?

- Ça allait, merci.

- Y a intérêt ! De toute façon c'est toujours mieux que tes Brix immonde.

Pat prend une chaise et m'en montre une autre.

- Assieds-toi Stan. C'est bien comme ça que tu t'appelles ?

- Oui c'est bien ça. Que me voulez-vous ?

- Donne ton bras à Anna et serre les dents.

Je n'ai même pas le temps de répondre que Pat attrape mon bras et le présente à Anna qui attend, deux grosses lames en main. Son regard se fige. Un bout de langue dépasse comme si elle débordait de concentration. Et d'un coup sec, elle me plante les lames dans ma bio-greffe.

- Aaaarrrg !!! Mais putain c'est quoi ce bordel ? Qu'est-ce tu fais ? T'as pété les pl...

- Hé mon gars, on reste poli avec la dame, me dit calmement Pat en posant vigoureusement sa main sur mon épaule.

Anna tourne ses lames violemment dans ma prothèse et dans craquement, cette dernière se sépare en deux.

- Voilà ! On va pouvoir dégager tout ça. Ça va encore un peu piquer car la chair a l'air d'avoir bien pris sur le faisceau neurolectrique.

17

- Mais vous êtes quoi au juste ? Vous êtes fous ?

Une horrible douleur me prend tout le bras et s'étend sur une bonne partie de mon dos et de mon cou. Comme si on me broyait à nouveau le bras tout en me le brûlant vif. Anna sectionne tous les câbles et me désolidarise de ma prothèse. Il reste alors que l'embase située en dessous du coude.

- Voilà ! T'as gagné cinq kilos.
- Mais qu'as-tu fait ?
- Je t'ai libéré d'un poids. Il faut que je regarde ce que j'ai en stock...

Elle se retourne pour fouiller dans une caisse pleine de bouts de ferraille.

- Ah ! Ça ! Ça fera sûrement l'affaire. Et ça sera plus « fonctionnel ».

Je la vois sortir une espèce d'axe sur lequel est fixé un double crochet. Ça a l'air robuste mais peu conventionnel.

- Voilà, avec ce nouveau bras, tu te sentiras moins affaibli. Les liaisons neurolectrique ont tendance à mettre en déroute tout le système nerveux quand rien ne fonctionne. Ça cause des fatigues chroniques.
- Ok mais vous auriez pu me prévenir au lieu de me prendre par surprise.
- Tu crois vraiment que si je t'avais dit qu'on allait te dégommer le bras à grands coups de lame et dans d'atroces souffrances pour ton bien, tu aurais dit « avec plaisir » ?
- Vous auriez pu au moins tenter. Ça n'...

- Anna, rebranche-lui sa rogne. Et qu'il aille crev...

- Non c'est bon. Merci. Et merci Anna pour cette... euh... ce nouveau bras.

- J'aime mieux ça. Anna, quand tu auras fini de lui fixer son bras, rejoint-moi au QG et prend-le avec toi. On aura besoin de monde.

- Reçu Papa !

Pendant qu'elle me fixe solidement ma nouvelle prothèse, j'en profite pour lui demander son rôle dans tout ça et comment elle en est arrivée là.

- Après le Grand Bouleversement, on a pas mal bougé avec mes parents. On ne pouvait pas rester chez nous surtout après la mort subite de ma demi-sœur. Elle avait un implant crânien pour parfaire sa mémoire car elle voulait réussir dans la recherche. J'ai compris que bien plus tard qu'avec l'arrêt de l'électronique, toute les personnes étant « modifiées » allaient soit souffrir, soit mourir. Ma sœur a fait partie de la deuxième catégorie.

- Je suis désolé. Et tes parents sont là alors ?

- Pas vraiment.

- Comment ça pas vraiment ?

- On s'est fait attaquer par des Originaux car on traînait avec un couple d'amis dont le mari avait subi des modifications aux bras. Une amélioration pour sa passion de l'escalade. C'est Pat qui m'a, en quelques sortes, sauvée. Mais ça c'est une autre histoire.

Son regard s'est assombri un instant.

- Qu'est-ce qui ne va pas ?

19

- Rien… Ça y est ! C'est fixé. Allons au QG pour cette réunion si tu veux bien.

Son silence en dit long. Elle a l'air d'avoir vécu de sales choses. Difficile d'aborder le passé des gens qu'on ne connait qu'à peine.

Après cette discussion, je me rends compte que mon frère me manque terriblement. Qu'est-il devenu ? Aux dernières nouvelles, il n'avait pas de bio-greffe et ne prévoyait pas de s'en faire poser. C'est au moins un point sur lequel je devrais être rassuré.

Nous nous dirigeons à présent vers le QG. C'est en fait la salle qui colle celle de mon arrivée parmi eux. On entre et là, nous attend une tablée de six personnes dont un très amoché. Pat siège en bout. Le ton n'a pas l'air d'être à la fête. Je ferme la porte et je m'assoie.

3

JACK NAHCEM

Le visage d'Anna est torturé d'inquiétude.
- Où est le reste de l'équipe ?

Les larmes commençaient à monter. Ces yeux s'inondaient peu à peu tandis qu'elle cherche désespérément du regard du réconfort ou tout ce qui pourrait donner une réponse heureuse à sa question. Mais à cet instant, toute l'assemblée baissa la tête et le rescapé se mit à pleurer. Pat la regarda droit dans les yeux et lui dit :
- Dans un sac à l'entrée. C'est pas beau à voir.

Je me retourne par réflexe et vois un sac tâché de sang séché. Il est entre-ouvert et on peut apercevoir des cheveux dépassants de l'ouverture. Je me lève soudain et me mets à vomir dans le coin de la pièce. Qui a bien pu faire ça ? Des Harponneurs ?
- Et petit ! Évite de gerber dans le QG s'il te plait. Ça pu déjà assez comme ça.
- Désolé Pat. C'est la première fois que je vois des...

Je revomis à l'idée de visualiser ce qu'il y a dans le sac. Anna pose violemment ses deux mains sur la table.

- Qui a fait ça ? Répond ! Quel monstre a pu vous attaquer ?

- Ma-mad...Mad Jack.

La bouche du survivant tremblait rien qu'à prononcer ce nom. Le pauvre homme est en sang. Son visage est méconnaissable comme roué de coup. L'attelle de fortune qui maintient son bras laisse à penser qu'il a une vilaine fracture.

- Nous sommes tombés dans un guet-apens. Ils nous ont encerclé et massacré les uns après les autres sans qu'on ait pu faire quoi que ce soit.
Il se mit à tousser et à cracher du sang puis il reprit.

- Il savait qu'on allait passer par là. Et après avoir... après avoir décapité mes coéquipiers, il m'a laissé repartir pour livrer un message à Papa : s'il en voit encore un empiéter sur son territoire, il décimera la Communauté.

L'assemblée chahute beaucoup. Un climat pesant se fait sentir dans la pièce. Quelques phrases fusent, partagées entre les « il faut les éradiquer » et les «il faut fuir, nous ne faisons pas le poids ». Plus personne ne s'écoute. La peur et la colère l'emportent sur la raison. Pat reste silencieux et se lève. Il serre le poing et, d'un coup sévère et violent, il frappe la table.

- CALMEZ-VOUS !!! Ce n'est pas le moment de nous éparpiller ! Mad Jack est un parasite décérébré. Il faut en finir avec sa folie furieuse.

Le calme est subitement revenu dans l'assemblée.

- Luc. Noémia. Prenez avec vous le nouveau et testez un peu ses compétences. On a besoin de savoir ce qu'il vaut sur le terrain. Il doit être opérationnel dans cinq jours.

- D'acc Papa !

- Chris, amène Rémy se faire soigner. Anna et Phil, restez ici. Il faut qu'on parle.

- Ok !

Chris porte Rémy par l'épaule et l'aide à traverser la pièce. Je leur tiens la porte. En passant, Rémy me jette un regard empli de pitié. Je me suis senti faible d'un coup. Dans quelle galère me suis-je embarqué ? Luc pose sa main sur mon épaule.

- Allez viens...

Il avait l'air de chercher mon nom.

- Stan.

- Viens Stan. On a beaucoup à faire.

- Je vous retrouve là-bas. Je vais chercher du matériel.

- Ok Noémia. On commencera dans le sous-sol 02.

- Reçu.

Noémia, s'en va en courant à l'opposé de notre direction et me laisse en compagnie de Luc. Il a l'air d'avoir mon âge. Peut-être un peu plus jeune. Noir de peau, le nez cassé, je pense que la vie n'a pas été un long fleuve tranquille pour lui non-plus. Il a une voix douce. Ce qui tranche avec son physique endurci. J'essaie de briser le silence.

- Luc, c'est bien ça ?

- Oui.

- Qui est ce Mad Jack ?

- Chuut !! Evite de prononcer son nom au milieu de la Communauté. Tu seras gentil.

- D'ac-cord...

- Je t'expliquerai en bas.

Luc s'arrête devant ce qui semble être un magasinier, pour récupérer une sorte de lampe fonctionnant avec de l'huile.

- C'est Anna qui les fabrique. Cette petite est douée.

On passe une large porte donnant sur un escalier de service aussi sombre qu'un tombeau. Nous nous dirigeons au deuxième sous-sol. L'endroit est humide. Je descends prudemment alors que Luc semble tout à fait à l'aise. A chacun de nos pas, la réverbération amplifie l'ambiance pesante de ce lieu. J'ai l'impression de marcher depuis une éternité quand j'entrevois, à la lueur de la lampe, une porte inscrit « R -1 ». Nous sommes qu'à la moitié. Au fur et à mesure que l'on descend cet escalier grisonnant, la température chute et mon sang se glace. Nous arrivons enfin au sous-sol 02. La salle est éclairée par des puits de lumière, ce qui confère à cet ancien parking un aspect et une ambiance étranges. Les véhicules poussiéreux ont été déplacés et agencés de façon à créer plusieurs espaces d'entrainement. Il y a un espace musculation, avec des haltères bricolés à base de vieux bouts de métal. Un espace vide avec juste quelques voitures au centre. Et au fond, des sortes de mannequins fait à partir de ce qui me semble être de vieux matelas. La salle s'étend à perte de vue mais seule une petite zone est exploitée. Sur le côté, j'aperçois une table basse et deux canapés couverts d'une épaisse couche de poussière qui témoigne que personne n'a mis les pieds ici depuis un moment.

Luc me fait m'assoir et s'assoit en face de moi.

- Bon, ben on est dans une sacrée merde. Papa veut attaquer le camp de Mad Jack mais on ne fait pas le poids.

- Mais qui est ce Mad Jack !

- Mad Jack, ou Jack Nahcem de son vrai nom. C'était un sportif de haut niveau qui, pour faire augmenter ses performances sur le terrain, s'était fait poser un booster neuronal. Mais après le Grand Bouleversement, au lieu de mourir comme beaucoup, il a survécu. Mais à quel prix. Son implant lui provoque de constantes migraines qui le rendent fou. Déjà qu'il n'était pas très net avant.

- Mais pourquoi s'attaquer à la Communauté ? Il a l'air de bien vous connaître. Et ça semble réciproque.

- Il avait voulu faire partie de la Communauté mais il n'acceptait les ordres. Être le « toutou » de Papa n'était pas sa destinée disait-il. Lui et ses rêves de grandeur. Il voulait être au-dessus de tout. Piétiner et torturer les gens étaient ses passe-temps favoris.

- Que s'est-il passé ?

- Il est resté presque un an avant que Papa le jette dehors. Du moins, l'abandonne lors d'une mission de ravitaillement.

- Je comprends. La vengeance d'un monstre.

- Voilà. Ça lui a value son surnom de Mad Jack.

Un bruit se fait entendre pas loin de la cage d'escalier. Une lueur s'approche dans ce qui ressemble à un ascenseur portes ouvertes. C'est Noémia qui descend en rappel munie de deux gros sacs et une lampe attachée à la ceinture.

- Salut les gars ! Le nouveau, je t'ai descendu ça de la part d'Anna. Elle t'a à la bonne apparemment.

A ce moment-là, elle jette sur la table basse mon sac rose et ma hache un peu modifiée.

- Anna a allégé ta hache. Elle a pensé qu'à une main, elle te sera plus maniable. Et j'ai descendu ton joli sac bien viril.

A ces mots, un rictus se dessine sur son visage.

- Vu que tu avais l'air attaché à ton sac à ton arrivée, il te servira de charge d'entrainement.

- Merci... c'est cool...

- J'ai aussi descendu de quoi s'amuser un peu : barres métalliques, couteaux, machettes, lances. La routine habituelle quoi. Je n'ai pas pris d'arc car bon, en cinq jours, tu n'apprendras pas à tirer. Surtout vu tes bras.

Noémie sort de l'autre sac des bouteilles d'eau et de quoi manger pour au moins deux jours. Je pense qu'on ne remontera pas avant un moment. On pousse les affaires et on commence par se manger un morceau avant d'attaquer l'entrainement. Noémia était assise face à moi. Je prends deux minutes pour l'observer. C'est une femme brune d'une quarantaine d'années qui sait ce qu'elle veut. Elle a tout d'une meneuse. Autant la force de caractère que la force physique. Elle n'est pas très grande mais elle a l'air d'avoir assez de poigne pour en dérouter plus d'un. Une vraie petite chef.

Le repas se termine. On va pouvoir commencer l'entraînement. Noémia charge mon sac de ferraille et me le donne. Il y en a pour, au moins dix ou douze kilos.

- On va commencer par l'endurance. Voyons combien de temps tu tiens à la course. Tu vois le pavé de voitures au centre ? Ben tu vas courir autour. Luc, compte s'te plait.
- Quand tu veux ma belle.
- Go ! Go ! Go !

Je m'exécute. Le parcours est simple mais pas très long, ce qui me fait prendre souvent appuis sur mes genoux à chaque virage. Luc tient un vieux sablier et compte chaque minute tenue. Au bout de quinze bonnes minutes, je commence à ralentir puis à m'arrêter. Je n'en peux plus. Mes muscles me font atrocement souffrir.

- Tu ne comptes pas t'arrêter là quand même ? Sérieux ? Allez, on se bouge feignasse !

Noémia commence à me jeter des couteaux qui se plantent très près de mes jambes pour que je bouge.
- Mais t'es malade !

Je commence à fuir dans le parking pour esquiver ses projectiles, et en tournant la tête, je la vois me poursuivre avec une barre de fer.

- Viens-là que je te brise ce qui te sert de jambes !

Je fuis sans m'arrêter, dans l'espoir de trouver une sortie à l'autre bout. Elle a l'air d'une bête enragée. Il n'y a plus d'humanité dans son regard, juste un animal chassant sa proie. Je cours jusqu'à ne plus en pouvoir. Je tourne autour de voitures. J'essaie de la distancer mais rien n'y fait. Elle me rattrape peu à peu et éclate tout ce qui passe à sa portée. Je sens mon souffle se couper et mes muscles se crisper. A chaque foulée, une décharge vient me tétaniser du mollet jusqu'au bas du dos. Je ne tiendrais pas plus longtemps. Qu'elle me pète les jambes ! Ça me fera sûrement moins mal. Je m'effondre alors, tel un sac de linge sale jeté au sol. Ma vision s'arrête sur ce qui se trouve au fond : un tas de cadavres décharnés. Noémia arrive à ma hauteur, toute essoufflée et crie :

- Luc ! Arrête le chrono ! Ce p'tit con est quand même allé jusqu'au cimetière ! Viens m'aider à le ramener !

Je n'ai même pas la force de l'insulter. J'ai bien cru qu'elle allait me tuer.

- Tu vois, quand tu veux, tu peux te dépasser. Là, t'es au bout de toi-même ! Pas comme avec ta petite dizaine de tours.

Luc arrive.

- Alors ?

- Quarante-sept minutes mais plus de la moitié en sprint. Ce gars m'impressionne.

- Allez, on le ramène. Un peu de repos et on va discuter de l'entraînement.

Ils me traînent alors jusqu'au canapé. Le trajet me permet de me remettre un peu.

- Vous êtes vraiment cinglés ! J'ai bien cru que tu voulais vraiment me briser les jambes.

- Je l'aurais fait.

- Tu peux la croire.

- Vous m'aurez laissé crever là-bas, comme tous ces gens ?

- Ah ? Tu parles du cimetière ? Non. On t'aurait donné en pâture aux Harponneurs avant.

- Ne l'écoute pas. On avait juste besoin de savoir jusqu'où tu pouvais de dépasser. Tu as rempli le test avec succès. Et le cimetière, c'est juste que le parking était plein le jour du Grand Bouleversement. Les gens ont voulu quitter les lieux. Pris de panique, ils n'ont jamais pu sortir.

- Et comme tu as pu voir, ils cherchent encore...
Noémia explose de rire. Cette femme est folle.

On se pose enfin sur le canapé. Mon corps refuse de bouger. Je suis exténué. J'ai un arrière-goût de sang dans la gorge à chaque respiration. Mais une chose me fait continuer : si je ne m'endurcis pas, je ne sortirai jamais vivant de ce nouveau monde. J'ai l'impression d'être un nouveau-né qui apprend tout de la vie. C'est loin d'être évident. Il faut que je m'accroche.

On s'est posé une bonne demi-heure qui me parut que quelques secondes, puis Luc se lève et me guide vers un tas de véhicules.

- Stan, t'as déjà lancé des couteaux ?
- Quand j'étais môme mais pas plus.
- Bon tu vois le logo de la camionnette ?
- Oui
- Prends ces couteaux et essaie de le viser.
- Ok.

Je m'efforce de viser, je lance aussi fort que je peux et le couteau vient juste frapper la tôle sans se planter. Je réitère une bonne dizaine fois l'opération, mais impossible d'en planter un.

- Luc, lâche l'affaire. Il est aussi doué qu'un cul-de-jatte au cent-dix mètres haies.
- Je fais ce que je peux !
- Va falloir faire plus si tu veux survivre !
- Oh ! Calmez-vous tous les deux. Et toi Noémia, vas-y doucement. Il débute juste.
- Et ben entraîne le tout seul. Moi j'remonte. Ciao les fillettes !

Noémia se dirige vers les escaliers en nous tendant bien haut son majeur.

Luc est beaucoup plus patient. Il m'apprend à mieux tenir les couteaux et au final, j'arrive à en planter quelques-uns. Mais rien de bien probant pour le moment. La journée se termine. Je suis mort. Je ne pense plus à grand-chose et je n'en ai pas la force. On ne remonte pas pour pouvoir commencer dès le lever du jour. La pénombre reprend peu à peu le dessus sur la lumière. Seule la lampe de Luc scintille. Le silence s'installe. Je m'endors.

La nuit est finie. On me renverse du canapé.

- Debout la marmotte ! On reprend l'entrainement et plus vite que ça ! Luc, Anna a besoin de toi en haut. Je vais m'occuper du p'tit nouveau.

La journée va être horrible. Luc, s'en va. Noémia se dirige vers le fond du parking le temps que je grignote un peu. Quelques minutes plus tard, je la vois revenir avec deux corps desséchés qu'elle dépose sur l'avant d'un des véhicules près de moi. Le peu que j'ai mangé remonte.

- Viens par-là toi ! Stan, c'est ça ?

- Oui.

- Prends cette lame.

Elle me tend alors un couteau.

- Mais que veux-tu que j'en fasse ?

- Plante ce mec trois fois.

- Mais pourquoi je ferais ça ?

- Si tu le fais pas c'est moi qui te plante, dit-elle en serrant les dents.

Je serre le couteau dans mes mains, je détourne la tête en fermant les yeux et je m'exécute.

- Bon, ben t'es mort…

- Quoi ?

- Déjà, il va falloir que tu regardes ce que tu fais. Là, où tu as frappé, ça fait mal mais pas de dégâts.

Elle commence à disséquer le corps de ce pauvre cadavre pour me montrer les organes que j'ai touché. Le corps était bien conservé, à l'abri de l'air, de la lumière et de tous nuisibles. L'intérieur dégage une odeur pestilentielle. Les organes tombent tels de vulgaires morceaux de viande périmés.

- Tu vois, avec un coup pareil, même s'il meurt dans les vingt-quatre heures, il a le temps de t'achever. Essaie de viser en priorité ici et ici.

Elle me montre alors le cœur et la gorge.

- Si tu es à terre, coupe derrière la cheville. Le mec ne pourra plus marcher.

- O…Ok.

- Allez, on recommence. Et cette fois applique-toi.

Elle me présente alors le deuxième cadavre. Je fais du mieux que je peux pour pas vomir ce qu'il me reste dans l'estomac, quand Luc redescend avec Anna et Phil.

- Noémia ! On a des mannequins pour ça…

- Ouep, mais c'est moins marrant !

- Arrêtez vos conneries et venez-vous assoir.

On se réunit tous autour de la table. Phil étale une carte approximative du secteur et commence ses explications.

- Voilà, Papa veut qu'on dessoude Jack. Nous sommes pas assez nombreux pour liquider la totalité de son groupe. Mais si on le tue lui, les autres redeviendront de la chair à Harponneurs. C'est ce que pense Papa.

Phil et Anna nous expliquent les détails du plan. Je ne comprends pas tout. J'ai déjà du mal à comprendre ce que je fous ici, alors je suivrai en essayant de sauver ma peau.
L'entraînement se poursuit durant les trois jours restants. La douceur d'Anna contraste avec le mauvais caractère de Noémia. D'ailleurs quelque chose me taraude l'esprit. Je prends à part Luc.

- Noémia fait énormément de cauchemars la nuit. J'en ai presque de la pitié pour elle. Mais dès qu'elle se réveille, je regrette son existence. Qu'est-ce qui cloche avec elle ?

- Elle a vécu de sales choses. Elle aime pas en parler. Lors d'une mission de ravitaillement, son groupe est tombé sur des Harponneurs. Tout le groupe a succombé.

- Elle s'en est sortie comment ?

- Elle s'est fait passer pour l'une des leurs jusqu'à temps de trouver une ouverture pour s'enfuir. Elle a été contrainte à tuer, dépecer et manger des innocents pendant des mois pour survivre. Elle fait la forte mais elle plus fragile qu'on l'imagine. Après, elle a une dent contre Papa mais je ne sais pas pourquoi. Il ne dirigeait pas encore la Communauté à l'époque des événements.

- Ça explique son côté sauvage…

Le jour de l'attaque arrive. On prend tous une bonne ration et une bonne nuit de sommeil. Le camp de Mad Jack se trouve à deux heures de marche de la Communauté. On partira en début d'après-midi pour les surprendre de nuit...

4

MISSION SUICIDE

Le jour se lève. Dormir sur autre chose que ce satané canapé m'a fait du bien. Enfin, ça ne soigne pas les courbatures non plus. L'équipe se prépare. Nous serons que cinq : Anna, Noémia, Luc, Phil et moi. Pat reste au camp, ce qui a le don de mettre Noémia en rogne. Il est environ deux heures de l'après-midi quand on décide de quitter le camp. C'est la première fois depuis mon arrivée que je sors du bâtiment. Enfin libre de respirer autre chose que la crasse et la sueur. La rue est déserte et nous passons discrètement par quelques habitations abandonnées pour rester à couvert. On ne parle pas beaucoup pour ne pas se faire repérer. On ne sait jamais ce qui traîne dans le coin. Apparemment depuis l'arrivée de Pat à la tête de la Communauté, il n'y a plus eu d'attaque des Harponneurs, pourvu que ça dure. Noémia marmonne dans son coin et peste contre Pat et ses idées de nous envoyer à l'abattoir. Nous sortons peu à peu du centre-ville pour nous diriger au Sud. Le paysage ne change pas ou peu. Seule la hauteur des buildings permet de différencier la taille des villes.

Un bruit se fait entendre. On se plaque tous au mur.

- Luc, Phil, allez par là-bas pour faire diversion au cas où.

Le bruit s'arrête. Les respirations se coupent. Je me retiens de crier. Le bruit recommence. Ça vient de la boutique d'en face. On s'approche doucement, sans faire de bruit. La hache à la main, je me tiens prêt. On arrive à hauteur de la vitrine. Tout le monde est tendu. La sueur dégouline le long de mon visage. Arrivés devant la porte, le bruit s'arrête net. On s'est fait sûrement repérer. Un silence pesant s'installe. Nul n'ose bouger et franchir le seuil de la porte quand tout à coup une immense ombre nous projette en arrière. Inarrêtable, l'ombre cours dans la rue effrayée et se stoppe au milieu de la rue pour se retourner. Ce n'est qu'un daim. Un daim qui avait dû trouver quelque chose à manger dans ce magasin. Nos cœurs battent à toute vitesse mais rien d'alarmant. On décide de faire une halte sur place pour nous remettre de nos émotions. Phil part se soulager dans l'encadrure d'une porte, Noémia inspecte s'il reste des choses intéressantes pendant que nous trois, nous nous asseyons gentiment.

- Tu pourrais au moins avoir la courtoisie de pisser plus loin. Dégueulasse !
- Je fais ce que je veux et je vous emm...arg...arrrr

Deux lames acérées traversent le torse de Phil. Le sang goute au bout de chacune d'elles. Une ombre apparaît devant Phil et un ricanement animal et glaçant retentît.

- HARPONNEURS !!

- Phiiiil !!

On n'a pas le temps de se relever que Noémia se jette sur le Harponneur et lui plante sa lame dans le cou.

- Phil ! Répond Phil ! Tu peux pas nous lâcher comme ça !

Noémia lui enfonce d'un coup sec sa lame dans la tête.

- Mais pourquoi t'as fait ça ? On aurait pu le sauver ?

- Pour qu'il nous ralentisse ? Et t'as vraiment rien écouté de ce que je t'ai dit. Là où il est touché, il n'aurait pas tenu vingt-quatre heures. Je lui ai juste épargné des souffrances inutiles.

- Faut qu'on se casse, et vite ! Il y en a sûrement d'autres !

- Du calme Anna. Tu vois cette marque sur le bras ? Ça signifie que c'est un éclaireur. Personne ne viendra le chercher avant deux bons mois, crois-moi. Continuons.

La froideur de Noémia a calmé tout le monde. Nous repartons la peur au ventre. Cette femme me glace le sang. Je n'arrête pas de me repasser la scène dans ma tête. Dans le fond elle avait raison mais nous ne sommes pas des bêtes. Et maintenant que nous ne sommes plus que quatre, comment allons-nous faire ? Comment survivre à la horde de Jack si on est si peu ? Ils sont au moins une cinquantaine d'après Rémy. Même si on tue Jack, comment fait-on pour en sortir vivants ? Tant de questions qui m'emplissent de doute et de peur.

Nous sommes presque arrivés. Jack et sa bande se trouvent dans une ancienne école maternelle désaffectée. Une seule grande entrée, mais beaucoup de recoins. À ce qu'on sait, il aurait pris siège dans l'ancien bureau du directeur.

En attendant la tombée de la nuit, Noémia et Luc établissent la nouvelle stratégie.

- Luc, tu t'occupes de l'entrée. Tu distrais la garde pour qu'on puisse passer. Anna, neutralise le crieur. D'après nos sources, il se trouve dans une des pièces à gauche de l'entrée. Dès que tu es Ok, je prends le bleu avec moi et on part buter cette raclure de Jack.

- Ok !

- Bien reçu !

L'école est désormais devant nous. C'est une école du XIXe siècle qui devait être réhabilitée en musée. Mais faute de temps et de motivation de la ville, elle est vide depuis au moins deux générations. Le bâtiment en pierre est recouvert de végétation et l'enceinte est défigurée par beaucoup de cadavres. Des traces de sang sont visibles sur le bas des façades comme si des personnes s'étaient écrasées là tel des fruits trop murs. Sur certaines fenêtres, on peut apercevoir la lueur d'une flamme. Des corps mutilés et décapités sont suspendus à la grille devant l'entrée. Sûrement l'équipe de Rémy. Ces gens n'ont aucune limite. Je sens la haine monter auprès de mes coéquipiers mais moi je me décompose. La nuit tombe, le calme de ce ciel étoilé n'apaise en rien mes peurs…

- Bon, la bonne nouvelle c'est qu'il n'y a pas de Harponneurs dans le coin, chuchote Noémia. Sinon il ne resterait rien de ces pauvres types, ni de ce camp d'ailleurs.

- Et la mauvaise ?

- Ben, on est à découvert d'ici jusqu'au portail d'entrée. Donc restez dans l'ombre le plus longtemps possible et croisons les doigts pour qu'ils ne remarquent rien.

Noémia fait signe à Anna et Luc et nous avançons. On s'approche peu à peu. La lune joue en notre faveur en cette mi-avril. Tapie dans l'ombre, Anna part escalader la façade pour neutraliser le garde. Elle a un étage à passer mais elle s'en sort bien. Elle rentre et nous fait signe d'y aller. Luc s'occupe de l'entrée et fait diversion pour qu'on entre sans se faire repérer. Luc et Anna nous retrouverons à la sortie. Ils doivent protéger nos arrières. J'ai la boule au ventre. Je n'ai jamais tué qui que ce soit. Je crains de ma réaction en situation d'urgence. Je commence déjà à paniquer au plus profond de moi-même. Mes mains tremblent, j'ai des sueurs froides. Je ne me sens pas à la hauteur. Mais être à côté de Noémia me rassure autant que ça m'effraie. Cette femme est imprévisible. On longe l'entrée puis une grande cour arborée. Je n'avais jamais mis les pieds dans cette école. L'architecture est intéressante, dommage qu'elle soit dégradée par ces squatteurs. Il y a des tas d'ordures et des restes de corps autant humain qu'animal contre les murs et les arbres. Même les animaux ne sont pas aussi sales. Un préau termine la cour et donne l'accès aux salles de classe à droite. Une porte sur la gauche donne accès à la zone de service où se trouve la salle du directeur. On se faufile par la porte battante. Personne pour le moment. Le silence est pesant. On entend presque nos propres respirations. Le bureau se trouve au bout du couloir. Pourvu qu'il soit seul. Les couloirs sont déserts, les salles éteintes. Je sais bien que c'est la nuit, mais un calme pareil, je n'aime pas trop ça. On passe accroupi devant chaque pièce munie de fenêtres et on atteint enfin la salle du directeur. Sur la porte est inscrit au couteau « Jack in the box ! ». Noémia serre son couteau dans sa main et semble déjà jubiler de la façon dont elle va en finir avec Jack. Elle ouvre doucement la porte. Puis on pénètre rapidement dans la pièce.

- Personne ?
- Faut sortir ! Ça commence à puer la merde ici !

On se faufile le plus rapidement possible dans les couloirs jusqu'au préau quand :
- Aaaaaaah !
- Ce cri ! C'est Anna !

On passe la porte battante et devant nous se dresse Jack et ses hommes tenant en otages Anna et Luc se débattant.
- Bien, bien, bien ! Alors comme ça on se fait une virée nocturne ? On s'est perdu ? Mais attendez, ne serait-ce pas les larbins de ce cher Papa ? Mais si ! Hey ! Les amis, je crois que c'est mon jour de chance.

Noémia se prépare à bondir quand deux gars nous saisissent par surprise.

- Non, mais c'est qu'elle mordrait l'ancêtre. Ah, mais lui, c'est un nouveau. C'est quoi ton nom ?

- S...s...Stan.

- Non mais je rêve ! Regardez-moi ça. Vous l'avez recruté où ce mec. Il est déjà en train de se pisser dessus.

Jack se saisit d'une batte.

- Qu'est-ce que je vais faire de mes nouveaux jouets ? Les broyer, les découper bout par bout. Non, ils sont pas drôles. Tuez-les !

Je m'effondre en larmes. Les gars de Jack se préparent à nous rouer de coups.

- Stop ! J'ai une meilleure idée. Vous savez quoi ? Je vais faire ma commande au Père Noël. Je garde Anna et cette tafiole de Luc, pendant que vous deux, vous me rapportez mon joujou ultime : mon cher Papa. On verra s'il tient tant que ça à sa « Communauté ». Je vous donne deux jours car je suis un homme bon, bordel !

Il s'approche de Noémia.

- Qui tu préfères entre Luc et Pat ? Choisis vite ! Et ne me déçois pas car je pourrais faire une balade nocturne moi aussi.

- Va chier connard !

Jack file un grand coup de batte dans le ventre de Noémia.

- J'en attendais pas moins de ta part. Fais pas trop la maline avec moi. Et ne profite pas de ma gentillesse. Allez !

Raccompagnez-moi ces deux-là à la sortie et tâchez à ce qu'ils ne tentent rien de stupide. Et amenez-moi ces deux ci dans mon antre ! Ciao les losers ! Et n'oubliez pas mon petit cadeau.

Il s'en va, sourire aux lèvres.

Nous sommes à nouveau séparés de nos compagnons et on est raccompagné fermement hors de l'enceinte de l'école. Nous devons rejoindre l'hôtel au plus vite en espérant ne pas tomber sur une mauvaise surprise. Noémia peste de rage contre Pat et Jack. Mais je découvre une femme sensible qui, derrière sa colère, ne peut cacher ses larmes. Elle aime son équipe malgré tout. Moi je suis tétanisé de peur. Mon cerveau ne répond plus. Je ne suis que l'ombre de moi-même. J'ère sans vie derrière Noémia tels les zombies tant prisés il y a deux siècles. Le soleil se lève derrière nous. Nos ombres s'étalent devant nous comme pour nous montrer le chemin à suivre. Nous rentrons enfin. Nous avons perdu la guerre. On s'effondre à l'entrée.

5

UN RETOUR DIFFICILE

- Vite ! Que quelqu'un vienne nous aider ! On en a deux en sale état ici !

- Prévenez Papa ! Dépêchez-vous ! Et qu'on apporte de l'eau ! Magnez-vous !

Je sens qu'on me soulève pour me hisser sur une civière. J'ai à peine la force d'ouvrir les yeux. Noémia est en larmes mais arrive tout juste à marcher. Un gars l'épaule. Elle craque. Je pense que la Noémia forte et inébranlable que j'ai côtoyé ces derniers jours a laissé place à une petite fille émotive et fragile. On a vécu des atrocités mais ce n'est malheureusement pas terminé.

- Noémia ! Où est le reste de l'équipe ?

- Luc et Anna se sont fait capturer par Mad Jack. On n'a rien pu faire.

- Et Phil ? Où est Phil ?

- Je l'ai...

Noémia s'effondre en serrant sa tête entre ses mains. Elle regarde ses mains. L'œil affolé et fixant les traces de sang présentes sur sa peau, comme souillée par cette vision d'horreur.

- Je l'ai tué. J'ai... j'ai tué Phil.
- Comment ça ? Pourquoi ?

J'use de mes dernières ressources pour tourner la tête.
- Harponneur. Elle a abrégé ses souffrances.

Rien d'autre n'a pu sortir de ma bouche. La gorge serrée par les évènements, pris de pitié pour Noémia, j'étais au bout de moi-même. Je me suis trompé sur elle. Elle est plus sensible qu'elle en a l'air.

On nous emmène dans une salle de repos disposant de plusieurs lits dont certains occupés par de personnes âgées. Il me semble apercevoir Rémy au fond.
- Tenez. Prenez ça. Ça vous fera du bien. Papa s'est absenté ce matin. Reposez-vous en attendant son retour.
- Merci.

La fatigue me prend. Mes yeux se ferment. Des images horribles hantent mes pensées mais la fatigue l'emporte. J'entends Noémia pleurer en martelant son lit avec son poing avant de sombrer définitivement.

Milieu d'après-midi. J'ai dormi plus qu'il aurait fallu. Noémia dort encore. Son sommeil est très tourmenté. J'en souffre pour elle. La porte s'ouvre. Elle se réveille en animal aux abois. C'est Chris. Pat est revenu. On doit faire notre rapport. Noémia s'essuie les larmes et me lâche un regard soucieux. Je me lève et vais la rejoindre. Direction le quartier général. A chaque mètre parcouru, je vois le visage de Noémia se changer. De la tristesse, puis de la rancœur pour finir par de la colère. On arrive au QG où Pat nous attend assis au fond de la salle.

- Que s'est-il passé ? Il ne reste que vous ? Et Jack, il est bien mort ?

Je sens la colère monter en Noémia.

- Jack... Jack ? Vous ne pensez qu'à votre putain de mission suicide de merde. Vous avez que la mort de votre « parasite » en tête. Et nous, rien à foutre ? Tu nous as balancé en sous-nombre face à l'équipe de Jack. Tu t'attendais à quoi ? Qu'on revienne indemne et victorieux ? Jack te veut toi et personne d'autre ! Tu vas bouger ton cul et tu vas nous suivre qu'on puisse récupérer Luc et Anna.
- Je ne cèderais pas au chantage de ce fou ! Tu te prends pour qui pour me donner des ordres ? Je vous ai donné une mission simple et vous avez échoué. Maintenant, il va falloir se préparer à une riposte de ce décérébré. Et nous manquons d'hommes et de temps…

Je retiens Noémia avant qu'elle ne déverse toute sa colère sur Pat.

- Viens, laisse-le. Faut qu'on réfléchisse à comment les récupérer.
- C'est tout vu !

Je pensais Pat plus humain que ça. Il n'a pas d'état d'âme. Je serre le bras de Noémia et lui fait signe de me suivre. Elle ne lâche pas Pat du regard.

Je demande à Chris de m'aider à gérer Noémia et lui dit de me retrouver au deuxième sous-sol pour discuter un peu.

Je récupère ma hache et mon sac et descend au sous-sol. J'entends des bruits de ferraille. Ça tambourine à tout va.

- Sale rat ! Je vais te faire bouffer tes dents et la jambe qu'il te reste. Je t'arracherai les tripes et te pendrai avec jusqu'à que tu me supplies de t'achever et là je te recoudrai, te soignerai pour recommencer encore et encore.

- Noémia, pose cette masse et arrête de marmonner toute seule. Pat est un connard mais le tuer maintenant ne changera rien.

Je la stoppe dans son élan et elle se met à pleurer dans mes bras.

- On n'avait rien demandé ! Il n'y avait pas besoin de provoquer Jack. Il connaissait l'issue de cette mission. Pourquoi ? Pourquoi ?

- Je ne sais pas Noémia. Je ne sais pas. Je suis nouveau dans ce monde. Pour moi, tout me paraît absurde et j'essaie de suivre pour survivre. Mais, à vrai dire, je n'y comprends rien. J'ai été greffé à votre équipe et par la force des choses, je me suis attaché à vous. Faut qu'on trouve un moyen de traîner Pat jusqu'à Jack. Chris est des nôtres mais la sortie est bien gardée. Pat a donné l'ordre que personne n'entre ou ne sorte.

- Moi je connais un accès. Suis-moi et prend ta hache.

Noémia me mène au fond du parking souterrain. Mais oui ! Le cimetière !

- Derrière ce tas de cadavres, il y a une sortie. Aide-moi à déblayer.

On écarte des dizaines et des dizaines de corps pour se frayer un chemin jusqu'à arriver à un véhicule de livraison bloquant la sortie.

- Donne-moi cette hache, Stan.

Elle éventre la tôle de la remorque sans trop de peine. On distingue enfin l'accès à une rampe de sortie du parking. Il reste encore quelques corps mais le gros du travail est fait. On va pouvoir sortir sans éveiller de soupçons.

- On va récupérer quelques armes et des vivres pour le trajet. Prévient Chris, on part cette nuit. Pour cette raclure de Pat, je m'en occupe personnellement. On se retrouve ici, cette nuit, avant l'aube. Tout le monde dormira et ça nous permettra de profiter de la journée pour bouger en ville. On risquera moins en journée qu'en soirée.

- Ok. Pense à te reposer un peu tout de même.

Noémia me répond par un hochement de tête. Elle semble jubiler intérieurement à l'idée de traîner Pat devant ses responsabilités.

La journée se passe. Pas de vague, comme si tout était normal, la vie suit son cours. A croire que ce ne sont que des robots. J'ai pris de quoi nous restaurer, une lampe à huile d'Anna et ma hache. Deux ou trois couteaux de lancer dans les poches, même si je ne suis pas doué. On ne sait jamais ! J'attends au point de rendez-vous. Chris arrive, arc sur l'épaule et un sabre à la taille. Une vraie pièce de collection mais toujours en bon état. Un bruit se fait entendre dans la cage d'ascenseur, comme des gémissements étouffés. Une lueur éclaire la porte. C'est Noémia qui descend Pat. Il avait un vieux caleçon en guise de bâillon et était solidement attaché à une corde. Noémia vient en suivant avec quelque chose dans le dos.

- C'est quoi que tu ramènes ?

- Ah, ça ? Une plaque roulante. Tu croyais pas, tout de même, que j'allais porter ce tas de merde pendant deux heures ?

- Pas con !

- Allez, montes sur ton carrosse avant que je te brise les dents. Tu vas faire un coucou à tonton Jack en échange de nos potes, et le tout bien sagement. Tu vas voir ce que c'est d'être en première ligne.

- Allez, faut partir avant de se faire repérer par les cueilleurs du matin.

- La route va être longue et va falloir rester attentif. On ne sait pas sur quoi on va tomber.

On remonte le long de la rampe d'accès. Elle donne derrière l'hôtel. Il n'y a pas de surveillance sur ce pan du bâtiment car les accès y sont réputés condamnés. Pat gesticule beaucoup mais se prend un coup par Noémia à chaque gémissement. Il a la tête dans un état déplorable. Elle n'a pas dû y aller de main morte pour le traîner hors de sa chambre. Espérons qu'il ne nous ralentisse pas trop et nous attire pas de Harponneurs.

Le soleil se lève sur la ville. De belles couleurs illuminent le paysage. Cette lumière est agréable, comme si le ciel nous tendait les bras pour nous réchauffer et nous donner du courage. Dans les vitres se reflètent les nuages malgré la poussière déposée par-ci par-là. Par endroit, on ne croirait pas qu'il y a eu tous ces évènements. Seule l'absence de mouvement et de vie trahissent cette impression.

Près de trois heures qu'on marche. Jusqu'ici, le voyage s'est fait sans encombre. Pat nous ralentit mais on ne peut pas faire autrement que de le trainer. On arrive prêt de l'entrée de l'école. Nous ne sommes pas encore dans la ligne de mire des gardes. On décide de se poster dans un immeuble donnant sur l'école.
- Bon ! On va faire simple ! Stan tu viens avec moi ! On dépose le colis et on récupère Luc et Anna. Et toi Chris, tu vas te poster là-haut. Tu seras notre couverture si ça tourne mal. Ok ?
- Ok.
- Noémia, tu es sûre qu'on peut faire confiance à ce Jack ?
- On n'a pas trop le choix. Ça haine envers Papa est notre seule chance de les récupérer.

On se pose l'espace d'une minute. Le calme avant la tempête. Difficile de se dire qu'on va faire un marché avec ce fou. On se lève, ce n'est pas la grande forme mais il faut y aller.

Chris est prêt, posté à une fenêtre. Pat se débat de plus en plus. On arrive au portail. Le molosse qui sert de vigil nous voit arriver.

- Jaaaaack ! Viens voir qui vient nous rendre une petite visite ! Le Père Noël est passé plus tôt cette année.

- Dites-donc les choupinous ? On a ramené Papa à la maison ? Mais ne restez pas plantés là, entrez.

Mad Jack nous guide vers le préau où il avait préparé une sorte de décoration de bienvenue. Au mur, une banderole marqué « Bon retour à la maison Papa ». Au plafond, des têtes pendues par les cheveux, et au milieu, une grande table avec un gâteau de fortune et des décorations aussi inutiles qu'horribles. Sur des chaises, se trouvent les cadavres qui étaient suspendus à la grille l'autre jour. Deux personnes amènent Anna et Luc.

- Regarde Papa, comme on est tous content de te revoir. Il y a même Nathan et Spike qui sont assis là. Steve et Pierre n'ont pas pu être là car, n'aillant plus la tête sur les épaules, ils se sont quelques peu éparpillés. J'ai pas trouvé de ballon du coup je me suis dit que des têtes, ça ferait tout de suite plus distingué. Tu ne trouves pas ? Fais-moi voir à quel point tu es heureux !

Jack enlève le bâillon de Pat.

- T'es qu'une saloperie immonde. Une erreur de la nature. Tu es un monstre !!

- Un monstre ? Et c'est en ex-inquisiteur repenti que tu me dis ça. Ah, vu vos têtes à tous les deux, vous n'avez pas l'air d'être au courant. Tu ne leur as rien raconté, Anna ? Même pas cette fausse prise d'otages ?

- Comment ça « fausse prise d'otages » ?

Anna s'avance sans être retenue par les sbires de Jack.

- Oui en effet. J'aurai voulu vous le dire mais quand Pat a voulu attaquer le camp de Jack sans bien même nous accompagner, c'était la demande de trop. Non Pat ne m'a pas sauvé ma vie, contrairement à ce que tout le monde pense. Il m'a juste épargné lors d'une attaque d'inquisiteurs. Car oui, il faisait partie des Originaux. Et ce monstre a tué mes parents de sang-froid sous mes yeux. Et depuis je me suis juré de lui faire payer.

- Clap, clap, clap. Quel beau discours de retrouvailles familiales ! J'en ai presque la larme à l'œil. C'était tellement émouvant. Tant de tendresse en si peu de mot, rhaaa l'amour ! L'amour ! Bon maintenant, qu'allons-nous faire de toi mon cher papounet ? Je te crucifierais bien pour le fun. Ça collerait avec tes croyances, voire même un peu trop. J'ai p't-être une idée ! Je me fabrique un petit sac avec quelques morceaux de ta peau et je laisse les mouches pondre en toi. Mangé par les asticots avant l'heure, je vote pour ça. Qu'on m'amène ma couturière !

- Tu n'es qu'un pauvre fou décérébré, et vous aussi, autant que vous êtes. En m'amenant ici, vous avez condamné la

Communauté ! Elle disparaîtra en même temps que moi. Soyez-en certain. Qu'allez-vous faire contre les Harpo....
Mad Jack lui remet violemment le bâillon.

- Ah, c'est quand même mieux quand il ferme sa grande gueule ! Mais oui, les Harponneurs vont se régaler sans toi mon Patounet. Oups, ils ne sont pas au courant… Petit cachotier. Tu ne leur as rien dit ?

- Hmmmm ! Hmmmmm !

- Chut ! Ne dit rien ! Je m'en occupe.

Mad Jack tire un large sourire machiavélique.

- Et la grande révélation du jour est, Tania, fait moi un roulement de tambour… Merci ! Je disais, la grande révélation est… que votre cher Pa-pa fournit régulièrement de la chair fraîche à ces petits protégés de Harponneurs. Tous les vieux ou les malades qui traînent finissent en bectance pour cannibales. Regarde Pat, t'as vu leurs têtes ? J'aurais tellement voulu immortaliser ça. Hahaha…

Jack s'interrompt pour regarder Pat.

- Mais dis-moi, ils t'ont bien amoché mon gars ? Vous avez abimé mon joujou. Ce n'était pas prévu !

- Il se débattait trop et ne voulait pas faire le déplacement. Il ne semblait pas ravi de voir ta sale tronche.

- Mais je m'en contre fout ! Depuis quand on offre un jouet abimé ou défectueux à un gamin pour Noël ? JAMAIS !!!

- Mais…

- Chut ! Vu que le Père Noël n'a pas était très sage cette année, il va me falloir une petite contrepartie. Que vais-je bien pouvoir faire ? Péter une jambe à Luc, faire un joli sourire au p'tit nouveau ou bien amputer quelque chose à Anna ? Il parait que tu as des mains en or. En gardé une fera de moi un homme riche ! Ahahah... Ah ! J'ai trouvé !!

Et sans qu'on ait pu réagir, Jack s'empare d'une machette et fend le crâne de Noémia en deux. Une gerbe de sang vient éclabousser mon visage. Noémia tombe à genou. Mad Jack extrait son arme en s'aidant de son pied avant que le corps ne s'aplatisse face contre terre.

- C'était une fouille-merde et je n'ai jamais aimé les hispaniques.

- ENCULÉ !!

Luc se défait de l'entrave du sbire, parvient à attraper son couteau dans l'action.

- Et c'est toi qui dis ç...

Soudain une flèche vient se loger dans l'œil de Jack.

- Sal...

- Chris !

- ARCHERS !!!

Tout s'accélère. Luc égorge les deux sbires à proximité. Les flèches pleuvent et touchent à plusieurs reprises. Deux hommes se précipitent sur moi. Le premier est stoppé net par une flèche. Le second se retrouve avec ma hache plantée dans la poitrine. Je sens en moi monter l'adrénaline. Mon instinct animal prend le dessus ainsi que la rage. Je tranche tout ce qui se trouve devant moi afin de fuir. En tournant la tête, je vois Anna en train poignarder encore et encore le corps de Pat. Luc m'attrape par le bras.

- Il faut se tirer ! Chris ne pourra pas nous couvrir indéfiniment. Anna ! Magne-toi !

On fonce vers la sortie déblayant les gars de Jack à coup de hache, de couteau et de machette. Des membres tombent. Le sang coule. Luc se prend une lance dans le bras. Une femme le retient mais d'un coup de griffe, je le dégage de son assaillante. Anna a le regard perdu dans le vide et se laisse trainer par la main, comme une enveloppe sans âme, une marionnette. La dernière vague nous suivant tombe sous les flèches de Chris. Le clan de Jack s'est pris une sacrée claque. On arrive à sortir et à passer entre les immeubles pour vite disparaître. La mort de leur chef les a déboussolés. Ils n'ont plus vraiment de coordination. Sur le coup ça nous sauve.

Aujourd'hui, deux chefs sont tombés. Les pertes sont lourdes et la mort de Noémia m'affecte plus que je l'aurais cru. Le contrecoup est difficile. Chris nous rejoint. On soigne Luc comme on peut. Ça n'a pas l'air trop grave. Anna ne bouge plus de là où je l'ai laissée. Immobile, debout face à la pièce vide, son regard se perd dans l'infini de ses pensées. Elle semble inhabitée. Je repense à ce qu'il s'est passé. Je me sens mal, vomit et m'effondre. C'est trop pour moi. Trop, en si peu de temps. Nous nous posons le temps de tous reprendre nos esprits. On se partage le peu de rations restantes avant de se remettre en route. La voie est libre. Rentrons.

6

Nous arrivons, traînant les pieds une nouvelle fois devant l'entrée de l'hôtel. Les gardes à l'entrée sont en panique car personne n'a vu sortir ni entrer Pat. Il a tout bonnement disparu.

- Et vous ? Comment se fait-il que vous soyez dehors ? La garde de nuit vous a laissé sortir ?

- On est allé récupérer Anna et Luc. D'ailleurs il a besoin de soin. Pour Pat, il est mort en tentant de tuer Mad Jack. Ils ont entraîné Noémia dans leur déboire et elle n'a pas survécu.

Je ne sais pas où je suis allé chercher ce mensonge, mais au final, ça a soulagé tout le monde que les gardes me prennent au sérieux. Ils ne chercheront pas d'autres explications pour le moment et l'heure n'est pas aux interrogations. Luc et Anna sont accompagnés vers l'infirmerie. Apparemment, Remy aurait succombé à ses blessures dans la nuit. La tension dans l'hôtel est palpable. Tout le monde chuchote sur notre retour. Personne ne sait pour la mort de Pat. J'ai l'impression d'être l'oiseau de mauvais augure. Les regards sur moi me pèsent. Je décide de réunir Anna, Luc et Chris pour discuter de l'avenir. Plus le temps passe et plus je pense à mon frère. Il ne me reste que lui. Mais comment le retrouver ? La journée a été longue et il faut nous reposer.

Après quelques heures de repos, la nuit tombe sur la ville. Les lanternes s'allument dans l'hôtel, ce qui donne à ce lieu un tout autre aspect. Après s'être fait soigner le bras, Luc réunit toute la Communauté dans le hall d'accueil. Je profite de la scène depuis l'étage.

- Bonsoir à tous ! J'ai un communiqué à vous faire, aussi important que tragique. Jack est mort mais Papa aussi. L'assemblée gémit des cris de plainte. Des pleurs se font entendre. Des « J'en étais sûr ! » et des « C'est horrible, qu'allons-nous devenir ?» filent à tout va.

- Calmez-vous ! SILENCE ! Si je vous ai réuni ici, c'est pour trouver une solution. Je propose que l'on procède à une élection pour décider qui dirigera la Communauté. Réfléchissez-y bien et demain, je prendrai note des candidats et on fera l'élection du nouveau chef en suivant. En attendant, je veux du calme et je vous souhaite une bonne nuit. Le bruit de fond s'estompe peu à peu pour ne laisser que les chuchotements des possibles envieux du poste.

Je quitte mon perchoir pour aller voir Anna et essayer de la faire réagir.

- Anna, comment tu te sens ?

- Je ne voulais pas tous ces morts. Il n'y aurait dû y avoir que Pat. Tout est ma faute. Faire confiance à Jack. Mais comment ai-je pu être aussi stupide ?

- Tu ne pouvais pas savoir… Personne ne le pouvait. Et apparemment tu ruminais tes tourments depuis trop longtemps.

- Et toi que vas-tu faire maintenant ? La Communauté te prend pour un élément perturbateur et tu n'as nulle-part où aller.

- Ce n'est pas totalement vrai. Je n'ai plus rien à faire ici, c'est sûr. Mais j'aimerais retrouver mon frère. Avant les événements, il était à la capitale.

- Mais c'est à plus de quatre cents bornes !

- Je sais. Mais je n'ai que lui. Et je suis sûr qu'il est encore en vie.

- Tu es fou !

- Je pensais passer par le musée pour récupérer quelques outils ou autres choses utiles. Il me semble qu'il y avait des, comment ça s'appelle ? Les trucs où on appuyait avec les pieds pour rouler ?

- Des vélocipèdes ?

- Oui ça doit être un truc comme ça. C'est peut-être farfelu mais je caressais l'idée de voyager sur ce truc en passant par les réserves naturelles et vivre de cueillette et pourquoi pas de chasse si je gagne un peu en dextérité.

- T'es pas fou mais inconscient !

Luc entre, à ce moment, dans la pièce.

- Désolé de m'immiscer dans la conversation, mais j'ai entendu pas mal de choses. Donc, premièrement, il n'y a plus de vélo-machin-chose au musée. Deuxièmement, si tu veux récupérer des équipements des temps anciens pour survivre, le musée est une idée pertinente mais impossible.

- Il a raison. Le musée est aux mains des Originaux. C'est leur sanctuaire. Donc, à moins de faire diversion pour vider le bâtiment, et on n'est pas assez nombreux pour s'amuser à ça, le jeu n'en vaut pas la chandelle.

- Je n'ai pas envie de finir ici, terré comme un rat effrayé donc si tu veux un compagnon de route, je suis partant.

- Merci Luc.

- Je vous suis aussi. Si un jour mon histoire se sait, je finirais charcutée par la foule.

- Tu voudrais partir quand ?

- D'ici quelques jours, le temps de me remettre de tout ça de reposer un peu mon corps et mon esprit et de me faire un itinéraire pour me diriger vers la capitale.

- Ok. Le mieux, c'est de rejoindre la réserve par l'Est pour éviter les Originaux. On pourra aller de petites villes en petites villes pour éviter les viviers à Harponneurs que sont les grandes villes. Ça fait longtemps que je n'ai pas mis les pieds hors de la ville. À mon souvenir, il y avait une communauté d'éleveurs pacifistes au nord de la réserve. Ils avaient des chevaux. Avec un peu de chance, ce camp existe toujours.

L'espoir renaît dans cette obscurité envahissante. Nous discutons encore un peu et nous allons nous coucher. Dormir ne sera pas du luxe…

- Lève-toi ! Vite !

Des cris viennent des quatre coins de l'hôtel. L'anarchie a pris le dessus sur la Communauté. Je ne comprends pas, quand :
- HARPONNEURS !!!
- Magne-toi ! Si tu ne veux pas partir en rôti, suis-moi !
- Où est Anna ?
- Elle nous rejoint dehors. Ces vicelards sont passés par le parking souterrain.
- Derrière-toi !

Des Harponneurs venaient de tous les côtés. La Communauté est en train de se faire décimer. Les uns se font pourfendre, les autres se font briser les os et traîner. Je stoppe l'un d'entre eux à l'aide de ma griffe. Un autre me mord jusqu'au sang mais Luc le repousse. Nous profitons de la cohue générale pour nous éclipser. On sort par la grande porte où les Harponneurs commencent à empiler leurs trophées. J'aperçois Anna.
- Par ici !
- Restez discret, on n'a pas l'air d'être suivi. Partons !
- Et la Communauté ?
- On ne peut plus rien pour eux. Mais j'ai peut-être une idée pour récupérer des trucs au musée.

Luc se met à crier aussi fort qu'il peut.
- Alors les vautours, on n'aime pas la viande qui court ?
- Qu'est-ce que tu fais ?

- Courez vers le musée en bas de la rue. Le temps que ces connards d'Originaux comprennent ce qu'ils leur arrivent, on aura le temps de fouiller un peu. Puis il vaut mieux que ça soit eux que nous dans le ventre de ces cannibales.

On court aussi vite que l'on peut tout en attirant leur attention. Le musée n'est pas loin. À dix minutes à peine. Je l'aperçois. Je me retourne. Les Harponneurs sont toujours là. Une petite dizaine de ces monstres nous suivent. J'espère que Luc sait ce qu'il fait et que ça suffira pour mettre assez de pagaille chez les Originaux. Plus qu'une centaine de mètres et nous y sommes. L'entrée n'est pas gardée à première vue. Sûrement l'heure d'une messe. Ça y est nous rentrons. Nous avions assez distancé les Harponneurs pour avoir le temps d'ouvrir les deux immenses portes en bois. À l'intérieur, la fraîcheur se fait sentir. On maintient les portes grandes ouvertes en se dissimulant derrière afin de faire entrer les Harponneurs. Je regarde au fond de la salle. Trois hommes en soutane nous regardent faire, anormalement figés.

- C'est bon, les loups sont dans la bergerie ! Allons vite fouiller les lieux !

- Comment osez-vous entrer dans ce lieu saint ?

Ça y est, le face à face entre Originaux et Harponneurs peut commencer. Quelque chose cloche…

- Vous n'avez rien à faire ici !

- Oui mais on suivait des échappés de la Communauté. Pat étant mort, les accords ne tiennent plus. Rien ne nous empêche de les attaquer. Puis, les réserves se tarissent. On a la dalle.

- Ils sont là ! Attrapez-les !!!

Ça ne devait pas se passer comme ça. On se retrouve à présent entre des cannibales et des inquisiteurs.

- Il faut qu'on se tire, et vite !
- On se retire dans la forêt.
- Ok, go !

On bat en retraite. Pris de cours, on se fait rattraper. L'un d'eux essaie, telle une hyène, de manger Luc en lui sautant au visage. Je lui plante ma hache dans la tête et le dégrafe de mon coéquipier. Luc est défiguré mais il peut encore se battre. Une main se saisit de mon bras, deux autres de mes jambes. Je suis pris de panique. Je ne peux rien faire. Anna se débat avec un de ces moines extrémistes. Elle n'a pas le dessus. Je sens l'acier froid d'une lame me traverser la jambe. La douleur est telle que je ne peux m'empêcher de hurler aussi fort que mes cordes vocales le permettent. Soudain Luc bascule une lourde vasque emplie d'huile faisant office de torche. La salle s'enflamme. La panique se fait sentir chez nos assaillants.

- On se casse !

Luc tire Anna par le bras et la traîne hors du musée. Je parviens à me dégager à grand coup de griffes. L'adrénaline prend le dessus sur la douleur. Je fuis avec les autres dans la réserve naturelle. La forêt est assez dense pour s'y cacher.

Et après une course effrénée entre les arbres, on finit par se retrouver au pied d'un grand chêne. La mission n'a pas été un franc succès. Qui aurait pu imaginer que ces vermines de Harponneurs étaient de pair avec ces monstres fanatiques ?

- Luc ! Ton visage !

Luc a une partie du visage arraché. Il y a beaucoup de sang et je pense que son œil n'est plus. On peut apercevoir par endroit l'os du crâne. Aucune partie vitale n'a été touchée. Pour ma part, quelques écorchures et une belle fente dans ma jambe qui me brûle. Ça saigne moins que ce que ça fait mal. Je m'en sors plutôt bien. Anna semble se tenir juste le ventre.

- Anna, ça va toi ?

Elle enlève son bras. Le sang inonde son t-shirt. Son teint se blanchit. Une larme roule doucement le long de sa joue avant qu'elle ne s'écroule, au ralenti, sur le sol.

- ANNAAAAA !!! Luc, il faut faire quelques choses !
- Faut trouver ce camp d'éleveurs. Et vite !

J'ai bandé Luc comme j'ai pu, pris une branche en guise de canne. On se traîne pour trouver ce camp. Anna perd beaucoup de sang. Le temps est contre nous.

7

LES ÉLEVEURS

Anna ne revient pas à elle. Luc tient le coup, mais je ne sais pas comment. Ma jambe me fait tellement mal que je rêverais presque qu'on me la coupe pour abréger mes souffrances. On avance, têtes baissées, sans prêter attention à ce qui nous entoure. J'ai juste une vague impression d'être observé. Il ne faut pas que je me laisse envahir par les hallucinations et la paranoïa. Une seule chose compte, sauver Anna et pouvoir soigner nos blessures.

Déjà une bonne demi-heure que nous marchons. La sueur dégouline sur mes blessures et me brûle atrocement. Les forces m'abandonnent. Seule la douleur subsiste. Je me sens partir. Écroulé au sol, Luc essaie en vain de me traîner. Je ferme les yeux. Le noir total.

Il y a de l'agitation, je ne sais pas depuis quand je me suis évanoui. Je crois entendre Luc parler avec une autre personne. J'ouvre lentement les yeux. On dirait une sorte de salle de soin. Luc discute avec une personne d'un certain âge en fauteuil roulant.

- Ah ! Tu ouvres enfin les yeux. Stan, je te présente Paul. Il est docteur.

- Bonjour. Vous n'étiez pas loin de l'entrée du camp. À cent mètres près, on ne vous aurait pas vu. Vous avez eu beaucoup de chance.

- Où est Anna ?

- T'inquiète pas le docteur s'en est occupé.

- Elle a perdu beaucoup de sang mais elle devrait s'en sortir. Il lui faudra beaucoup de repos et à vous aussi. Je vous ai recousue cette vilaine plaie. Ça ne devrait pas s'infecter. Pour votre ami, j'ai fait ce que j'ai pu. Mais je n'ai pas pu reconstruire son visage.

- Vous avez fait du mieux que vous pouviez. J'ai moins mal et je suis en vie ! Putain oui, je suis en vie !!!

Sous les conseils du docteur, je me repose et reste allongé.

Deux jours passent. J'arrive enfin à me lever. L'attelle que m'a faite Paul ne me gêne pas trop pour marcher. Je vais voir Anna. Elle se remet doucement. On est bien accueilli par tout le monde. Garry, le chef de village, m'a raconté comment son camp s'est formé. À la base, ce sont d'anciens d'agriculteurs et des groupes de végans qui se sont réunis ici. Le Grand Bouleversement a été un élément déclencheur pour un retour à des choses simples et à une meilleure communion avec la nature. Ils ont réappris à cultiver la terre eux-mêmes et à rester proche des animaux.

Avec les carences dues au peu de variétés végétales à leur disposition, ils sont contraints de chasser, mais pas plus que la part mensuelle requise. Leur village n'est pas très grand et leurs habitations sont faites de monticules de terre et de branchages. Un puits a été creusé au centre du village, faisant ainsi office de place où les gens se regroupent. Un vrai havre de paix. Luc avait raison, ils possèdent bien des chevaux. Je peux les entendre. Ils semblent être derrière la bâtisse du chef.

- Ça fait plaisir de retrouver un peu d'humanité dans cette sombre période qu'est la nôtre.

- Vous pouvez rester autant de temps que vous le souhaitez. Vous êtes ici chez vous. On a tellement peu de visiteurs que c'est toujours une joie de tomber sur des gens sains d'esprit. J'ai discuté avec Luc hier. Il m'a expliqué pour votre frère. Je ne vous retiendrai pas mais j'ai bien peur que votre quête n'aboutisse...

- Comment ça ?

- La capitale a été ravagée par les Harponneurs. D'ailleurs c'est de là-bas qu'est née cette déchéance. Et ils sont descendus petit à petit pour trouver à manger plus au Sud. Il y a eu très peu de survivants. Donc il n'y a malheureusement que deux possibilités, soit il est devenu un de ces monstres, soit il n'est plus. Une de nos citoyennes pourra vous en dire plus. Elle a eu la chance de s'en sortir.

- C'est affreux ce que vous me dite-là.

- Mais c'est la triste vérité... malheureusement...

La journée se passe. Je m'en vais voir Anna pour prendre de ses nouvelles. Ils l'ont mis dans une petite maisonnette. Il n'y avait qu'une pièce et ce devait être une jeune maman qui l'occupait auparavant car en coin, se trouvait un berceau rose en toile. Il n'était pas tout jeune.

- Comment tu te sens ?

- Pas terrible. Mais le doc m'a dit que je serais sur pied d'ici quelques jours. Et toi ça va ?

- Ça va mieux. Mais je ne ferais pas ce genre d'aventure tous les jours.

- Moi non plus. T'as vu Luc aujourd'hui ? Il n'est pas venu ce matin.

- Apparemment, il est parti hier aider l'équipe de chasse. Paul m'a dit qu'ils en ont généralement pour deux ou trois jours tout au plus.

- Ok. Je m'inquiète pour lui.

Anna baisse les yeux comme si la culpabilité l'emportait à cet instant.

- Le doc m'a parlé d'un village plus à l'Est qui n'aurait pas été touché par le Grand Bouleversement. En remontant la nationale, on peut y être en trois jours de marche.

- Comment est-ce possible ?

- Je ne sais pas. Mais dès que je peux bouger, j'irai bien là-bas.

- On en rediscutera.

Tout est calme et paisible. On mange tous autour d'une grande tablée. Le repas reste simple, légumes de saison et gibiers. Je m'attendais à un goût plus fort, mais c'est plutôt doux au palais. Ça fait une éternité que je n'ai pas mangé de viande et c'est complètement différent de la viande cellulaire de laboratoire. C'est plus savoureux et plus tendre. Après un bon repas, une bonne nuit me fera du bien. Demain je verrais pour faire un tour en forêt.

Le soleil se lève. Il est tôt mais les rayons de soleil traversant les feuillages sont d'une agréable douceur. Gary est près du puits.

- Garry ! Bonjour ! Vous allez bien ? Je peux vous demander quelque chose ?

- Bonjour Stan ! Que vous faut-il de bon matin ? Il n'y a rien de grave j'espère ?

- Non, non. Tout va bien. Je voulais juste savoir si c'était possible de se balader un peu dehors pour me changer les idées et recharger les batteries.

- Oui. Pas de soucis. Mais n'y allait pas seul, on ne sait jamais. Il est si facile de se perdre dans cette forêt. Caro ! Tu peux venir une minute ? Selle deux chevaux et fais-lui visiter un peu le domaine. Et tâchez de ne pas avoir de soucis. C'est si vite arrivé !

- Merci Garry.

- A ton service.

Je me vois arriver une grande brune frisée amenant deux superbes chevaux. Un à la robe marron clair et l'autre d'un noir brillant superbe. Leurs statures et leurs musculatures rappellent les fiers destriers des temps reculés du moyen âge.

- Salut ! Moi c'est Stan.

- Enchantée, moi c'est Caro. Je te présente Prince et Falcon.

Elle me tend les rennes de Falcon, ce magnifique cheval noir et en me mettant en selle, un sentiment de puissance vient en moi. Comme si ce cheval me donnait la force de tout surmonter. Caro m'indique brièvement comment diriger ma monture. Ce n'est pas compliqué en soit mais c'est un coup à prendre. Les rudiments appris, je vais vite fait prévenir Anna de mon départ pour éviter des inquiétudes supplémentaires. Nous sommes prêts, en route !

Caro fait claquer sa langue et son cheval se tourne, prêt au départ. Nous sortons du village. Quoi de mieux que le grand air et la vision de la nature ? La forêt s'étend à perte de vue. Seule la nationale au loin gâche la vue. Nous avançons au pas. Caro porte un sabre dans son dos.

- Il est joli votre sabre. Je connaissais quelqu'un qui avait le même.

- Je l'aime bien et je l'ai depuis un petit moment. Je l'ai trouvé sur un corps inanimé.

C'est troublant car il possède les mêmes traces d'usure que celui de Chris. Sûrement une coïncidence. Il est sûrement mort à l'heure qu'il est. Mes idées se dispersent au fil des pas de Falcon. Le doux son des sabots heurtant le sol lentement rythme la mélodie des feuilles frissonnantes des grands arbres. Le vent est léger. Quelques petits animaux semblent peu farouches. Ce bain de nature m'est très bénéfique. Luc à de la chance de se balader dans les bois depuis quelques jours. Je commence à prendre confiance en moi sur le contrôle de Falcon et avec un petit coup de talon, nous voilà parti pour un petit galop.

- Youhou ! C'est génial ! Quel sentiment de liberté !
- Stan ! Pas par-là ! Reviens !

J'essaie de ralentir mon cheval quand j'aperçois au loin de la fumée.

- Vite Caro ! Regarde la fumée ! Si ce début d'incendie touche la forêt, votre village est foutu !
- Attends-moi !

Plus je m'approche, plus la fumée me semble contenue et une odeur nauséabonde inonde l'air. Devant moi, une grange avec une grande cheminée d'où sort la fumée. Sans attendre Caro, je fonce vers la grande porte en bois et j'ouvre pour comprendre. Et là, une horreur. Des hommes et des femmes pendus par les pieds, charcutés et dépecés. Au fond, un enclos avec des femmes attachées et des jeunes enfants tétant ces femmes amorphes. Une odeur de mort plane dans ces lieux. Un bruit assourdissant de plaintes empli la grange à en devenir intenable. Caro entre à son tour.

- Caro ! Fuyons ! Des Harponneurs !
- Où ça des Harponneurs ?
- Là ! Ne vois-tu pas cet endroit ?
- Stan, Stan, Stan. Tu aurais dû m'écouter et pas partir si loin. Tu en sais trop désormais.
- C'est vous ? Ces horreurs, c'est vous ?

- Bienvenue dans l'abattoir ! Il était bon ton compagnon hier ? Lève les yeux. Si tu veux il en reste un bout pour ce soir.

Je lève avec crainte mes yeux en l'air et vois l'horrible réalité. Le corps de Luc dégoulinant de sang. Il a été égorgé, vidé. La jambe et le bras droit lui ont été coupés. Je vomis tout ce qui était dans mon estomac. Je ne me sens pas bien. Caro dégaine son sabre et me fait reculer. Je trébuche en arrière sur un tas de dépouilles prêtes à aller à l'incinérateur.

- Fait gaffe, tu marches sur ton autre collègue. Il était doué avec son arc le bougre !

- Chris ? Mais qui êtes-vous ?

- Nous sommes des éleveurs. Vous les bouffeurs de viande, vous n'avez jamais respecté les animaux. Toujours à vous considérer au-dessus de tout. Les animaux ont plus d'âme que vous tous réunis. Et vu que notre survie dépendait de la viande, on a inversé les rôles. La justice est enfin notre ! Vous êtes ce que vous mangez !

- Vous êtes cinglés !

Au moment où Caro lève son sabre pour me donner le coup de grâce, je prends une poignée de terre et lui envoie au visage. Je lui arrache le visage avec ma griffe. Elle tombe. Quelques convulsions et c'est fini. Je récupère le sabre et m'empresse d'ouvrir les enclos mais personne ne s'enfuit. Ils sont devenus du bétail à part entière. Ils ont perdu toute volonté. Je dégage toute vie de la grange. J'ouvre l'incinérateur et met le feu à cette boucherie. Malgré tous mes efforts, je crains fort que quiconque survive de cet abattoir. Je leur laisse le cheval de Caro et une pelle qui se trouvée à l'entrée, en espérant que des âmes reviennent habiter ces corps. Je quitte à présent ce spectacle affligeant et m'empresse de sauver Anna de ces monstres. Je cours dehors monter sur mon cheval.

- Vite Falcon ! Fonce !

Le temps me paraît une éternité et le chemin interminable. Pourvu qu'il ne soit rien arrivé à Anna. Le village est en vue. Je rentre en trombe. Falcon se cabre et talonne deux personnes passant trop près. Je descends et cours vers la maison d'Anna. Tout le monde s'affole. Garry sort de sa loge, une masse à la main. J'entre.

- Anna, suis-moi ! Vite, si tu veux vivre !
- Que ce passe-t-il ?
- On est en danger ici, je t'expliquerai plus tard !

Je la traîne dehors. Paul me barre la route.

- Elle ne peut pas partir dans son état. Tu vas la tuer.
- Ta gueule ! On ne sera pas votre dîner !

Garry s'approche d'un air effroyablement calme et serein, masse en main. J'attrape le doc avec la griffe, lâche Anna et dégaine le sabre.

- Si vous ne reculez pas tout de suite, ce soir vous bouffer du toubib !

Anna me regarde.

- Mais c'est le sabre de Chris. Tu l'as trouvé où ?

- Tu ne veux pas savoir. Monte sur ce cheval vite !

J'aide Anna à monter sur Falcon et à ce moment-là, Garry se jette sur moi, la masse levée au-dessus de sa tête.
- Je vais te mettre du plomb dans la tête p'tit con !

J'ai juste le temps de reprendre mon sabre et donner un coup par réflexe. Les mains de Garry se désolidarisent de ses bras. La masse continue sa course pour enfoncer le crâne de Paul dans le sol. La tête s'éparpille telle une pastèque trop mûre tombée au sol. Garry pousse un cri de rage en voyant ses mains ne plus être siennes et tombe en se vidant de son sang. Je rengaine mon sabre et monte à mon tour sur Falcon. Le village reste figé ne comprenant pas ce qu'il vient de se passer.
- Falcon ! Yah !

Et nous partons, bousculant les villageois à grands coups de flancs de Falcon. On file comme le vent mais j'entends qu'on est suivi et Anna ne tiendra pas longtemps à cette allure. Il me faut une solution. Ça y est ! L'abattoir ! Le voir brûler les déroutera sûrement. On bifurque, direction l'abattoir. Un épais écran de fumée grisâtre réduit fortement la visibilité. Je profite de cet avantage pour m'y dissimuler. Je descends de cheval et l'attache à un arbre à l'abri de la fumée. J'assois Anna non-loin de là. Sabre en main, j'attends en embuscade. Ils ne sont que deux.
- Putain de merde ! L'abattoir crame !
- Trois ans de boulot parti en fumée. Ce salaud nous le paiera.

L'un des deux hommes s'approche de moi. Dissimulé derrière un arbre, je bondis en donnant un vif coup de sabre. L'homme n'a guère le temps de crier. Une partie de sa tête tombe au sol et vient rouler à mes pieds. La coupe a été nette, juste en dessous du nez jusqu'à l'arrière du crâne. Je prends conscience qu'en seulement quelques jours, ce monde à fait de moi un tueur. Je tends l'oreille mais n'entends pas le second arriver. Je me retourne et entrevois une silhouette dans la fumée mais c'est trop tard. Un couteau vient se planter dans ma jambe. Par chance, mon attelle m'a protégé mais ça il ne le sait pas.

- Ah ! Ma jambe !
- Lâche ta lame ou je bute la fille !

Merde, il a Anna. Je lui jette le sabre à ses pieds mais prend discrètement le couteau planté dans l'attelle.

- Approche ! Lentement... Et pas de connerie. T'as fait assez de dégâts comme ça.
- Je me rends !

J'avance doucement les bras en l'air. Je commence à mieux le voir. Il a ma hache à la main et tient Anna par les cheveux alors qu'elle est assise par terre. Je tente le tout pour le tout. Je me concentre et d'un coup je lance le couteau. Je le loupe mais il a levé son bras pour se protéger. Une ouverture ! Je cours et saute sur lui. Il lâche Anna et nous tombons à terre. Il maintient ma griffe d'une main et de l'autre il tente de m'asséner un coup avec la hache. Plusieurs coups frôlent mon visage. Je reprends le dessus. Je bloque la hache entre mes deux bras et essaie de l'étranger. Je me prends pas mal de coups de poing dans les côtes. Une brèche s'ouvre à moi, je lui éclate les testicules d'un grand coup de genou. Il lâche tout. C'est le moment ! Je lui arrache la hache des mains, lui plante ma griffe dans l'épaule pour l'immobiliser et lui envoie frénétiquement des coups de hache dans le crâne jusqu'à ce qu'on ne reconnaisse plus forme humaine. Puis je m'allonge au sol. Vidé et défoulé, les yeux fixés vers le ciel, la rage est finalement retombée. Il faut désormais reprendre la route.

Je vais voir Anna. Elle n'est pas bien mais ça devrait aller pour une balade tranquille à cheval. Je récupère le sabre et le rengaine dans son fourreau. Je récupère une ceinture sur l'un des deux corps et m'en sert pour tenir ma hache. J'aide Anna à se mettre en selle et nous voilà repartis. La nationale est proche. J'espère que le village énoncé par Paul existe et que ce n'est pas un piège. Mon corps crie famine mais après les derniers événements, rien ne pourrait passer. Je sens Anna s'appuyer sur mon dos. Il me semble qu'elle dort. On a encore beaucoup de route devant nous. Il ne me reste que toi Anna. Je perds peu à peu l'espoir de retrouver mon frère. La vie est éphémère et ce monde est rude. Personne n'y est préparé.

Le soleil est au plus haut dans le ciel. La chaleur est telle qu'on peut ressentir l'électricité dans la lourdeur de l'atmosphère. L'orage gronde au loin. Demain il va pleuvoir, c'est certain.

8

UN NOUVEAU DEPART

Nous accédons à la nationale rapidement. Peu d'arbres pour nous abriter bien que les structures d'aménagement laissent place à la nature. Le soleil est haut dans le ciel. Nous sommes en sueur et le temps ne fait qu'empirer. Je n'ai pas grand-chose à manger dans mon sac. Et dans la précipitation, Anna n'a pas de vivre non plus. Il va falloir chasser et cueillir. On s'écarte de la route en quête de nourriture. Anna dort toujours. On s'enfonce prudemment dans les bois. L'ombre est la bienvenue. Un petit vent traverse les branchages et c'est fort agréable. Je tends l'oreille. Je crois entendre un cours d'eau non loin de là. Effectivement, après quelques minutes, nous y sommes. Je bois de larges gorgées et remplis une bouteille pour Anna qui se réveille au son de l'eau ruisselante.

- Bien dormis ? Comment tu te sens ?

- J'ai mal, Stan, mais ça ira. Où est Luc.

- Ils l'ont eu.

- Que s'est-il passé ? Je ne comprends plus rien. Pourquoi tu as tout saccagé et m'a traîné hors de ce village. Ils étaient là pour nous aider !

- Anna. Ils ont tué Luc. Et ils ont eu Chris aussi.

À ce moment-là, je lui donne le sabre de Chris.
- Prend-le. Il pourra te servir.

Anna se mit à pleurer. Je détourne le regard et évite de lui parler de l'abattoir. Il vaut mieux qu'elle n'en sache rien pour le moment. Elle n'a pas besoin d'avoir ces images en tête. Elle subit déjà assez comme ça.
- Je pars chercher de quoi manger. Prends la bouteille d'eau et rafraîchis-toi en attendant. Je ne serais pas long. Si tu as quoi que ce soit, crie de toutes tes forces et je reviendrai le plus vite possible.

Elle me regarde, l'air triste et déboussolée.
- Anna, il ne reste que nous deux désormais. Je ne t'abandonnerai pas. Promis.

Je prends mon petit sac et regarde ce qu'il reste à ma disposition. J'ai une cordelette, un canif et une petite sacoche contenant mes vieux Dr Brix immondes. Et j'ai aussi ma hache et ma griffe qui me sert de bras, ce qui peut m'être bien utile ! Le cours d'eau étant de petite taille et de faible profondeur, je pense pouvoir être capable d'attraper un peu de poisson. Je décide de vider mon sac et d'y percer des trous afin que l'eau s'écoule librement. Puis avec ma hache, je coupe deux petits troncs d'arbres et les fixe bien solidement pour faire un goulot d'étranglement et faire passer, de ce fait, les poissons en directions de mon sac. Avec de la patience, ça devrait fonctionner. J'attache mon sac ouvert aux troncs et direction le reste de la forêt pour faire un peu de cueillette. Personnellement, je n'y connais pas grand-chose. Donc je vais m'en tenir au peu que je sais. Puis, en cette fin d'avril, on trouve pas mal de baies. Je parcours donc les bois en quête de celles-ci. J'ai beaucoup de chance car le climat a prématuré la pousse de certains fruits. Je me retrouve donc avec des noisettes, des mûres, des carottes sauvages et des prunes. J'ai même ramassé deux ou trois fraises des bois. Ce n'est pas assez pour faire un repas de roi mais c'est déjà ça. Sur le retour, je vérifie mon piège à poissons. Pour le moment je n'en ai qu'un petit. Je le laisse encore un moment. Il va falloir songer à s'abriter si mon sentiment s'avère juste. Hache en main, je commence à découper du bois pour me lancer dans la construction d'une cabane de fortune. Ça me rappelle les fois où on en faisait avec mon père et mon frère. On se cachait pour ne pas se faire attraper par les gardes champêtres. Ils n'étaient pas très malins et on arrivait toujours à s'enfuir à temps.

La soirée approche, il est temps d'aller voir si la pêche a été bonne. Je relève le sac. J'ai un beau black-bass et deux jolis poissons-chats. Il y a quelques autres poissons mais bien trop petits pour en faire quoi que ce soit. Je les remets à l'eau. De retour au camp, Anna est faible. Je galère à faire un feu en frottant rapidement deux morceaux de bois secs. Au bout d'une bonne heure, le feu démarre comme par miracle. Je prépare les poissons comme je peux et hop, au feu.

Nous avons à peine le temps de manger que l'orage et la pluie nous rattrapent. Falcon nous protège un peu du vent mais ma cabane ne sert à rien. Difficile de se reposer dans ces conditions. La nuit va être longue. Le vent souffle sans être vraiment violent, mais la pluie s'infiltre et traverse notre pauvre toit de fortune. Le feu se trouve vite inondé et s'éteint rapidement. La chance est avec nous, le vent semble pousser les nuages de pluie. Peu à peu, le temps redevient plus clément. On est trempé jusqu'aux os, mais la fatigue l'emporte.

Au petit matin, je me rends compte que j'ai réussi à dormir et Anna aussi. Je la laisse se reposer et vais voir mon piège à poisson. Un côté du sac s'est décroché d'un tronc. Je n'ai rien à l'intérieur à part des algues et de la vase. Il ne me reste plus qu'à le récupérer. Je pars, de ce pas, réveiller Anna car on a encore un long chemin devant nous. Anna dort toujours. Je m'approche d'elle et lui donne une petite tape sur la joue. Ses joues sont gelées. Je la secoue un peu pour la réveiller et la fait malencontreusement se retourner.
- Anna réveille-toi !

La peau d'Anna est glauque. Sa main est posée sur sa blessure.
- Anna ! Anna ! Lève-toi, il faut y aller !

À y regarder de plus près, ça s'est rouvert. Son haut baigne dans son sang. Ce n'est pas possible ! Le sort s'acharne. Toutes les personnes qui m'entourent disparaissent les unes après les autres.

- Il ne me reste que toi Anna ! Tu ne peux pas me faire ça ! Pas maintenant ! Pas après toutes les épreuves qu'on a traversées. Anna, lève-toi ! Nous y sommes presque ! Réveille-toi ! Tu ne peux pas m'abandonner maintenant.

Mes paroles sont vaines. Elle n'a malheureusement pas survécu. Cette sombre nuit aura eu raison d'Anna. Je me retrouve désormais seul avec pour seul compagnon Falcon, mon cheval. Anna m'avait ramassé dans la rue à mon réveil. Après avoir versé toutes les larmes de mon corps, je décide de l'enterrer. La terre est meuble, à croire que cette forêt m'aide pour accueillir son corps en en ces lieux. Chaque pelletée est douloureuse. Pas de discours, les arbres pour seul public, ces obsèques furent courtes mais chargées d'émotions. Je dois reprendre ma route. Falcon m'attend là, la tête baissée. Je prends ce qui pourrait m'être utile et nous repartons vers la nationale au galop. Le vent, frottant sur mes joues, sèche mes larmes. Il faut que je me concentre sur mon but : retrouver mon frère. Adieu Anna ! Repose tranquillement en ces lieux.

Je retrouve rapidement la nationale et la remonte à toute vitesse. C'était une route peu fréquentée au moment du Grand Bouleversement. Elle était empruntée plutôt pendant l'été. L'avantage c'est que j'ai une chance de pouvoir trouver des choses intéressantes si je tombe sur un véhicule. Les kilomètres défilent. On se pose uniquement pour manger et dormir. La nourriture se fait rare et je ne suis pas un bon chasseur. J'espère vivement que l'histoire de Paul n'était pas du vent. En attendant, la pluie s'abat sur

Falcon et moi. Finalement, ça fait du bien un peu d'eau. Et si par bonheur il refait chaud demain, il sera possible de trouver des champignons.

Une nouvelle nuit sous la pluie. Pas de soleil à l'horizon. Les nuages sont présents quant à eux. La route semble toujours la même. L'impression de tourner en rond vient noircir mes espoirs. J'avais oublié que ces itinéraires sont d'une lassitude déconcertante. Le même paysage pendant des centaines de kilomètres, les mêmes panneaux, seuls quelques nombres évoluent au fil de ma route. Le peu de sorties et d'aires créent aussi ce sentiment de déjà-vu perpétuel. Je me sens seul et minuscule devant l'immensité de cette route. J'en ai presque le vertige.

Après des heures et des heures de trajet, j'aperçois enfin une sortie. L'espoir revient mais je reste sur mes gardes.

L'embranchement mène à travers les bois. Le paysage reste inchangé. Seule la largeur de la route est différente. Si j'en crois les panneaux il reste une vingtaine de kilomètres avant d'atteindre la ville. Je ralenti le pas de Falcon pour faire une petite pause. Il faut être en forme pour fuir ou combattre. Mon cheval s'attarde à manger de l'herbe tandis que je fini mon dernier Dr Brix. Le goût reste toujours immonde mais je n'ai plus que ça. Dernière ligne droite avant l'entrée de la ville. Le stress et l'appréhension me prennent au ventre. Difficile de faire confiance à quiconque après ces quelques semaines dans ce nouveau monde. La ville existe vraiment, Paul ne nous avait pas menti pour le coup. Je descends de cheval, me met sur le bas-côté et observe. Ça ressemble à un village. La technologie s'y est très peu implantée au niveau architecture. C'est étrange de voir toutes ces vieilles bâtisses faites de pierres blanches. Pas de gratte-ciel, pas d'écohabitat, Seuls les dispositifs de signalisation et les routes trahissent le passage de la technologie en ces lieux. J'entends bien des véhicules circuler et les feux, bien que clignotants, fonctionnent. Je m'approche encore un peu. J'aperçois une personne utilisant pleinement sa bio-greffe. C'est inouï ! Comment cela peut être possible ?

- Un intrus ! Sonnez l'alerte et prévenez le maire !

- Attendez ! Je ne veux pas d'ennuis

Trop tard il est déjà parti. Une sirène retentit dans tout le village.

- « ...Attention. Attention. Rentrez chez vous et ne laisser entrer personne. Individu suspect entrée Sud de la ville... »

J'entends arriver un véhicule d'intervention. Je remonte sur Falcon et garde près de moi ma hache.

- Vous ! Descendez de cheval et déclinez votre identité ainsi que vos intentions.

- Je m'appelle Stan. Stan Arcoy. Je ne suis que de passage. Je cherche juste où passer la nuit et de quoi me nourrir ainsi que mon cheval.

- Vous n'êtes pas le bienvenu monsieur Arcoy. Faites demi-tour sinon nous serons contraints d'utiliser la force !

A ce moment, je vois débarquer deux molosses tenant une espèce de canon électrisant et le pointer sur moi.

- Ne nous obligez pas à vous tirer dessus !

A l'instant où je pose mon pied à terre, un coup violent retentit et une forte douleur m'envahit jusqu'à en crisper mon cœur. Je ne peux résister que quelques secondes avant de fermer les yeux. Tout devient flou. Les sons se mélangent autour de moi comme si le monde se trouvait dans une caverne. Caverne de plus en plus lointaine, jusqu'à ce qu'il n'y ait que le silence, l'obscurité et la douleur.

J'ouvre les yeux. Un mal de tête me torture au plus haut point. Mes tempes s'agitent au gré des battements de mon cœur. Je jette un bref coup d'œil autour de moi. Tout est blanc aseptisé mais les murs présentent des traces de griffures assez profondes. Comme des vestiges de combats. Un numéro est solidement accroché sur ma veste: le 922138. Devant moi, des barreaux solidement renforcés à travers lesquels je peux apercevoir trois ou quatre détenus amorphes. Sur ma gauche une cuvette étonnamment propre. Je m'assoie sur le bord du plateau me servant de lit. Mais ce bruit et ces hurlements incessants me feraient taper la tête contre les murs. Soudain, dans la cellule d'à-côté…

- Aaaaarr ! Libérez-moi ! Vous ne pouvez pas me garder éternellement ici ! Promis je ne vous mangerai pas ! Au moins, pas tout de suite, dit-il à voix basse. Allez faites pas vos chiens ! Et toi le nouveau voisin, tends ton bras s'il te plait ! Juste un gnack ! J'ai trop la dalle.

Je me recule au fond de ce qui est, vraisemblablement, ma cellule. Et j'attends là, me bouchant les oreilles. Mais que s'est-il passé pour que j'en arrive là ? Ai-je un si mauvais karma ? Que vont-ils me faire ? Suis-je condamné à tourner en rond dans cette cellule tel un animal en cage ? Je me tiens aux barreaux et crie désespérément.
- Que me voulez-vous ? Laissez-moi parler à un responsable !

Quand soudain, une décharge parcourt mon corps et me projette en arrière.
- Détenu 922138, vous n'êtes pas autorisé à vous approcher de la grille ! Compris ?

Le coup de jus était si violent que le sang m'est monté à la tête. J'en ai encore le goût sur la langue. J'ai bien compris la leçon. Piégé dans ce trou à rat pour je ne sais pas combien de temps.

Trois jours s'écoulent avec pour seule compagnie un Harponneur décérébré et les quelques légumes restants d'en face. Entre temps, l'un d'eux avait été appelé. Il n'est jamais revenu. Le gardien passe distribuer les « repas » : de la poudre de substitut de repas et juste ce qu'il faut d'eau pour ne pas succomber. Les journées me paraissent interminables. Levé tous les jours par un jet d'eau haute pression sortant du plafond. Suivi d'une ou deux minutes de soufflerie pour sécher tout ça. Puis aux heures de repas, un mec apporte cette poudre dégueulasse, le tout rythmé par les hurlements incessants de mon voisin. Je commence à perdre espoir. J'aurais dû rester planqué dans la forêt. Quitte à survivre, autant le faire libre !

Sixième jour. Il ne reste que moi et deux nouveaux égarés. Je suis un légume. A dire vrai, le fou me manque. Je trouve le silence plus atroce et tortueux que le bruit continu. Soudain :

- Détenu 922138, veuillez obtempérer et placer pieds et mains dans les cercles pourvus à cet effet.

Je m'exécute et là des tas de questions bombardent mon pauvre crâne déjà bien meurtri. Que vont-ils me faire ? Est-ce mes derniers instants ? Pourquoi ? Ai-je droit à une dernière volonté ? Tant de questions n'ayant point de réponses...

La grille s'ouvre. Je sens le souffle chaud d'une haleine bien chargée me réchauffer l'épaule. Une large main attrape mon bras droit puis mon bras gauche pour les menotter dans mon dos.

- Suivez-moi ! Et ne faites surtout pas l'imbécile. Je prendrais trop de plaisir à vous démolir comme votre cher voisin.

Je ne dis rien et suis les ordres. Il me conduit le long d'un grand couloir menant sur un ascenseur. On se trouve en fait au sous-sol. On finit par arriver au troisième étage.

Le gardien a gardé un silence total pendant tout le trajet. Il me jette sur une chaise face à un attirail de machines étranges. Il m'attache à la table et s'en va. La porte derrière moi s'ouvre lentement, un homme en blouse blanche s'assoit devant moi dans le plus grand calme. Deux hommes entrent en suivant et se positionnent autour de moi. On me branche un casque bizarre sur la tête et des tas d'électrodes sur le visage et les bras. J'ai l'impression d'être une bête de foire.

- Détenu 922138, je vais vous poser une série de questions simples, vous y répondrez avec sincérité. Vous êtes relié à un détecteur de mensonges donc ne vous donnez pas la peine d'inventer quoi que ce soit, vous serez immédiatement repéré. Donc, nom, prénom ?

- Arcoy, Stan.

- Êtes-vous un Original ?

- Non.

- Êtes-vous un Harponneur ?

- Non.

- Voulez-vous nuire à cette ville ?

- Non, pourquoi je ferais ça ?

- Répondez aux questions c'est tout ! Avez-vous fait partie de divers groupes depuis le Grand Bouleversement à aujourd'hui ?

- J'ai passé quatre ans dans le coma au moment du Grand Bouleversement et depuis ces dernières semaines j'ai fait partie d'un groupe qui a été détruit il y a quelques jours. C'était la…

- Comment ça quatre ans ? Docteur, vérifiez les données s'il vous plait !

- Il n'y a rien d'anormal dans le graphique.

- C'est impossible ! Pouvez-vous répéter ce que vous avez fait ?

- Oui. J'ai passé quatre ans en coma artificiel dans un hôpital plus au Sud.

Mon interlocuteur regarde le docteur.

- Apparemment, il ne dit pas de mensonge. Et ce matériel est sans faille depuis des décennies.

- Comment est-ce possible ?

- J'en sais rien moi, je me suis réveillé dans un hôpital abandonné après une opération sur mon bras accidenté.

- Intrigant… Que venez-vous faire dans cette ville ?

- Je cherchais juste de quoi me nourrir et m'abriter le temps d'aller mieux, pour repartir ensuite plus au Nord.

- Veuillez patienter ici.

On m'enlève mon appareillage puis on finit par me laisser seul, attaché au milieu de la pièce vide. Quelques longues minutes passent avant que la porte s'ouvre à nouveau. Deux hommes entrent, un la quarantaine et l'autre beaucoup plus âgé. Ils s'approchent de moi. Le plus jeune me retire les menottes.

- Monsieur Arcoy, je suis le commissaire Grant et voici le professeur Charles Henri Carvilier.

- Appelez-moi Charlie.

- Nous sommes désolés de ce traitement mais nous avons une recrudescence de mercenaires et Harponneurs qui tentent d'entrer dans notre ville ces derniers temps. Nous avons donc pris certaines mesures.

- Radicales vos mesures...

- Vous allez séjourner, le temps de votre passage, chez Charles Henri. Il vous hébergera le temps que vous remettiez sur pieds.

- Merci monsieur Charlie, c'est sympa.

- En sortant vous pourrez récupérer vos effets personnels. Nous n'avons touché à rien.

- Et Falcon, mon cheval ? Qu'en avez-vous fait ?

- Ne vous inquiétez pas, il est bien traité. Charles Henri vous montrera où le récupérer en partant. En attendant, vous êtes le bienvenu dans notre ville.

Je reprends ma hache, mon sabre et mon sac après avoir signé un reçu.

- Allons-y !

9

LE PROJET 413

J'entre dans la voiture, une berline plutôt classieuse mais pas récente. Monsieur Charlie est un homme mur, je dirais au moins quatre-vingts ans, les cheveux poivre et sel. Il dégage beaucoup de confiance en soi et de charisme pour son âge. Il fait à peu près ma taille, habillé en pantalon chemise. Simple mais efficace.

- Pardonnez-moi monsieur, mais que faites-vous au commissariat ? Vous n'avez rien d'un policier et, sans vous offenser, vous ne devriez pas être à la retraite ?

Il se mit à rire.

- Oui effectivement, je devrais être à la retraite, mais lors du Grand Bouleversement, les gardiens automatisés se sont arrêtés, fautes de pouvoir se connecter au réseau central. Du coup, ils ont décidé de rappeler les anciens pour meubler. A quatre-vingt-seize ans, me voilà à nouveau en service. Et s'il te plait, pas de « monsieur » entre nous, ok ?

- Ok monsi...euh Charlie !

- Bon je vais te laisser prendre un bon bain, car tu en a bien besoin ! Et après je te ferai visiter la ville. Et arrête de me dévisager comme ça, c'est gênant.

- Oh. Désolé. Merci de m'héberger. Et surtout merci de votre accueil. Ça me change un peu de ce que j'ai vécu ces derniers jours…

- Oui, je me doute. Ça y est, nous sommes arrivés.

- Pourquoi vous faites ça d'ailleurs ? Et que sont devenus les autres détenus ?

- Les autres ? Ça dépend de leurs réponses et de leur attitude. Les plus chanceux finissent comme toi petit, hébergés chez un volontaire ou à l'hôtel contre divers travaux.

- Et les autres ?

- On a trouvé un moyen radical. On leur implante un mini dispositif explosif dans les cervicales. On l'active dès qu'on les ramène à la frontière de la zone morte. Ce qui fait que s'il tente d'approcher, le mécanisme doit théoriquement se déclencher et leur laisser que dix secondes pour quitter les lieux avant l'explosion.

- « Théoriquement » ?

- Oui « théoriquement » car c'est tellement dissuasif qu'aucun d'entre eux n'est revenu. On ne sait pas si une longue exposition du dispositif à la zone morte détruit ou simplement fige le système en le laissant toujours opérationnel.

- Ok. Et pour moi ?

- Et pourquoi toi ? Bien, tu me parais sympathique et ton histoire de coma m'intéresse. Et ça me changera un peu de ma routine.

On s'arrête près d'une modeste échoppe, pas ou peu modernisée, faite de pierre. Un peu de végétation orne les fenêtres. Une porte imitation bois s'ouvre devant nous. A l'intérieur, une maison assez basique, mais comprenant beaucoup de matériel technique entassé un peu partout. Des écrans traînent un peu partout.

- Fais pas attention à ce qui traine petit, je n'ai pas eu le temps de ranger. La salle de bain se trouve au fond à gauche. C'est indiqué sur la porte. Le séchage auto est en panne. Tu trouveras des serviettes sous l'évier.

- Merci Charlie.

- Prends ton temps. Je vais passer tes guenilles à l'ultra-wash. Elles seront prêtes d'ici une quinzaine de minutes.

- Merci.

- Allez, file ! Et laisse tes fringues à l'entrée.

- Ok.

Ah, une bonne douche chaude. Ça fait un bien fou ! Tant de temps sans vrai toilette. Je regarde la plaie sur ma jambe. Même si c'était des tueurs, ce docteur Paul a fait du bon boulot sur moi et, par chance, ça ne s'est pas infecté. Je repense à ces quelques jours, à Anna, Noémia, Luc et les autres. Pourquoi cette anarchie et cette misère ? On est donc fait pour s'entretuer ? Et mon frère ? Est-il resté le même après tout ce temps. Tant de questions sans réponses...

- Euh, Stan ! Tu as fini ? Bon, parce que ça fait trois quarts d'heure que tu marmonnes tout seul sous la douche.

Il serait temps que tu sortes avant de finir aussi flétri que moi ! Haha !

Il n'a pas totalement tort. Allez, il faut que je me ressaisisse ! Lavé, séché et habillé de vêtements propres, je sors de la douche.
- Enfin ! On va pouvoir bouger un peu. Voyons voir... Il est quelle heure ? Seize heure vingt. Ça te dit un peu de marche en ville ?
- Pourquoi pas ?
- Allez go !

On descend la rue tranquillement. La ville a un côté rustique. Comme si elle luttait contre le temps et la modernisation. Très peu de bâtiments récents jonchent les rues. Seuls quelques magasins et les lieux officiels. La technologie est peu visible, ou bien dissimulée, laissant à la ville ce cachet pittoresque peu commun. Une charmante petite ville en somme. Arpentant les rues j'aperçois la vie, des commerces actifs, des personnes en bonne santé et des machines en états de marche. Ce côté rassurant m'apaise quelque peu.

Durant notre promenade, Charlie n'a cessé de me poser des questions sur ce qu'il m'était arrivé depuis mon réveil. Je lui explique tout depuis le début : l'accident, le réveil à l'hôpital, la Communauté, Mad Jack et les éleveurs. Il m'écoute tel un enfant en quête de nouvelles histoires. Il ne m'interrompt uniquement pour demander des précisions. Après une bonne heure de marche, nous arrivons sur une petite et charmante place, avec en son centre un kiosque d'un autre temps. La végétation y est riche et florissante. Des centaines de fleurs attirant papillons et abeilles venus butiner en parfaite harmonie. De part et d'autre de la place se trouve, respectivement, deux café-restaurants, un hôtel et un fleuriste.

- Allez vient Stan ! J'te paie un verre.

- Merci mais…

- Y a pas de « mais » petit. Obéis à tes ainés, c'est tout !

On entre dans le café. Sur l'enseigne est marqué « Au Winchester - dernier pub avant la fin du monde ».

- Mais pourquoi un tel nom ?

- Il l'a renommé comme ça juste après le Grand Bouleversement. Un clin d'œil à une série de vieux films qu'il regardait étant gosse. Des… des comédies je crois. Mais je n'en suis pas sûr.

- Ok.

On s'assoit à une table.

- Qu'est-ce que tu prendras ?

- Un café-poire pour moi.

- Rhaa les boissons de jeune… Je m'y ferais jamais !

Il tape sa commande sur l'écran de table et valide son paiement via son empreinte digitale. Mais…

- Mais comment pouvez-vous payer par digipay alors que toutes les communications externes sont bloquées ?

- C'est simple, tout système relié à un réseau central dispose d'une mémoire tampon des deux dernières heures avant une éventuelle coupure. Ça nous a permis de détourner le système bancaire en local en attendant un éventuel arrangement de situation.

- Je ne savais pas.

- Et c'est comme ça pour tout : historiques de recherche, chargements, télévisions, répondeurs, etc...

- Télévisions ? Donc il est possible de voir les deux dernières heures de retransmission de chaque chaîne avant le Grand Bouleversement ?

- Oui pourquoi ?

- J'aimerais voir ce qu'il s'est passé à ce moment-là. Car, personnellement, étant dans le coma, c'est un peu comme une mémoire perdue pour moi. Une page inconnue de mon passé vous voyez ?

- Tu regarderas ça en rentrant si tu veux. En attendant profite de cette belle journée.

- Super, merci !

Je finis par laisser mes soucis dans un coin de ma tête pour apprécier ce moment de calme. Au bout d'un moment, Charlie se lève.

- Allons, rentrons. J'ai encore quelques trucs à faire chez moi et un repas à préparer.

- Vous aurez besoin d'aide ?

- Non ne t'en fais pas, j'ai l'habitude de cuisiner.

Nous sommes de retour chez lui. Il m'invite à m'assoir sur le canapé.

- Tiens, prends cette télécommande si tu veux voir ce qu'il s'est passé le jour de la catastrophe. Et pas besoin de zapper, l'ensemble des chaînes du pays ont diffusé le même programme.

- Merci pour l'info.

- Apparemment, tu tombes sur la fin du programme. Attend quelques minutes, ça va se relancer.

Sur ces mots, il s'éclipse à son bureau pour pianoter à son ordinateur. Le programme se relance au bout de quelques instants. Je suis sur la huitième chaîne, sur une émission plus débile que jamais avec des invités se tapant dessus pour obtenir le plus de votes du public. Tout ce bazar pour gagner un peu de reconnaissance et de « gloire » ... Pour finir oubliés lors de l'émission suivante. Le programme continue quand soudain, « Flash news ! Nous interrompons votre programme pour vous montrer ces images. Ce sont les dernières images nous parvenant de l'Extrême Asie avant leur disparition totale des écrans de contrôle. Des objets sphériques non identifiés parcourent le ciel. Le Nord Asie n'est plus joignable ainsi qu'une partie de l'ExtrAmérique. Les images sont sidérantes ! On peut tout à fait supposer que ces objets se sont écrasés sur les états disparus. Un scoop vient de nous parvenir ! Notre reporter nous transmet ces images de la frontière Est de notre pays... »

- A table ! C'est prêt ! Mets pause, on mange !

- J'arrive.

Je mets pause et me rend à table. La cuisine de Charlie sent bon et ça a l'air très appétissant. L'odeur se propage dans toute la pièce.

- Bon appétit petit.
- Merci. À vous aussi.

Tout en mangeant ce délicieux plat, je ne peux m'empêcher de garder un œil sur l'écran figé près de moi. J'avais fait pause sur une image de la boule non identifiée. Un détail m'interpelle, on aperçoit un signe sur l'engin.
- Euh, Charlie ? Vous savez ce que c'est, ce signe sur la boule ?
- Quel signe ?

Je me lève pour lui montrer sur l'écran. L'image n'est pas très nette mais on peut distinguer une sorte de tête tentaculaire à l'intérieur d'un cercle.
- Fait avancer image par image pour voir s'il n'y en a pas une plus nette.

Je m'exécute et je tombe sur une légèrement plus nette.
- Stop ! Intéressant. Vu le désordre créé, on n'a pas cherché d'où ça pouvait venir. Mais j'ai déjà vu ce symbole, le projet 413.
- Le projet 413 ?
- Oui le projet 413. C'est un projet classé secret défense parue peu avant ma naissance.
- Comment vous savez ça ? J'étais agent spécialisé dans l'espionnage militaire inter-état. Et ça c'est un dossier que j'ai eu l'occasion de classer.
- Vous savez ce que c'est alors ?

- Bien… au final, non. Je n'avais pas les accréditations nécessaires pour accéder à ce dossier. Tout ce que je peux te dire, c'est qu'il est apparu dans les documents du gouvernement australien suite au crash d'une sonde extraterrestre sur leur territoire. Le crash avait fait peu de pertes humaines mais des dégâts matériels considérables. Mais les deux dossiers portaient la même référence.

- Et ce symbole alors ?

- C'était le symbole ornant le dossier. Je connais quelqu'un qui pourrait savoir de quoi il s'agit, s'il est toujours en vie bien sûr.

- Où se trouve-t-il ?

- Attends, j'ai une carte.

Il se pose sur son ordinateur.

- Voilà, il habitait là ! C'est à environ une trentaine de kilomètres au Nord-Ouest de la sortie de la ville. Mais si tu souhaites y aller, je ne pourrais pas t'accompagner.

- Pourquoi ?

- J'ai du travail ici, petit. Et j'ai pas mal d'augmentations et d'implants, comme tu peux le voir. Je ne suis pas sûr de tenir longtemps dans la zone morte. Mais je connais quelqu'un d'assez dingue pour t'accompagner dans cette galère. Il est un peu siphonné du bocal mais il est gentil. Il s'appelle Larry. Il se trouve un peu après la sortie de la ville. Il vient parfois ici pour se ravitailler. Sur ce, je vais me coucher. Je ne suis plus tout jeune, tu sais. Descend le lit suspendu, le bouton se trouve à ta droite. On rediscutera de tout ça demain.

- Merci, passez une bonne nuit !

La nuit se passe, il m'est impossible de dormir. J'ai trop de chose en tête, mon frère est plus au Nord, je m'en rapproche de plus en plus. Mes anciens compagnons me hantent. Sur quoi vais-je encore tomber ? Et si je restais finir mes jours ici ? Ça serait égoïste et plan-plan mais je serai en sécurité. J'ai toujours rêvé d'aventure mais ce monde me dépasse. Mais qu'est-ce que je dis ? Pense à ton frère. Pense à ce que tu as vécu ! Et si on retrouve ce type, on aurait peut-être une infime chance de retrouver un monde sensé. J'ai survécu à pas mal de situations en quelques semaines et au pire je reviendrais ici. Oui c'est ça ! Je trouve ce type et mon frère puis je rentre avec lui me poser au calme de cette ville. Allez Stan, fait le vide dans ta tête. Il faut dormir ! En même temps, comment veux-tu dormir ? Ce vieux Charlie a un paquet d'implants mais pas un seul contre les ronflements, c'est horrible ! Allez, fais le vide dans ta tête et ne pense à rien...

Le matin se lève. Je suis seul. Charlie doit être au commissariat. Il a laissé un mot sur la table : « P'tit déj dans le frigo, je t'ai sorti des vêtements à moi. Ça devrait t'aller ! Ils sont dans la salle de bain. Je reviens à 11h30. A +. PS : Fais pas de conneries, la maison est sur robot-surveillance ». Me voilà tranquille pour une matinée. Un bon petit déjeuner, c'est toujours appréciable. Un bon bain. Les vêtements de Charlie sont pas mal finalement bien qu'assez vieillot. Un pantalon en toile légère et une chemise hawaïenne. Je croyais que ça ne se vendait plus depuis deux siècles ! Je ne vais pas pinailler, c'est déjà bien de pouvoir se changer. Il est déjà onze heures, Charlie ne va pas tarder.

La porte s'ouvre.

- Salut petit ! Je vois que tu as trouvé mon mot et les vêtements. Ça te va bien finalement. Bon, c'est totalement dépassé mais je n'ai que ça à te filer. J'avais acheté ça pour une soirée à thème, et autant te dire que je ne les ai pas remis depuis.

- Merci. J'ai une petite question.

- Vas-y petit.

- Où puis-je trouver de quoi m'équiper ? Il me faudra quelques trucs par-ci par-là pour mieux démarrer.

- Je vais te montrer la rue commerçante, mais il va te falloir de quoi payer.

- Je sais mais comment ? Je n'ai plus de compte.

- T'as plusieurs moyens, soit tu trouves un job dans la ville, et autant te dire que c'est compliqué, soit tu revends des trucs.

- Revendre quoi ? Je n'ai rien.

- Je pensais à ta hache ou ton sabre. Ce sont de vraies antiquités et j'en connais un qui serait prêt à y mettre le prix.

Un clin d'œil et un sourire amical se dessine sur son visage.

- Ok, va pour mon sabre…

- Je t'y emmène après manger. Laisse-moi négocier avec ce vieux brigand et tu pourras obtenir ce que tu veux.

- Mais je n'ai pas de moyen de récupérer l'argent.

- Ne t'en fais pas pour ça petit.

Passé le repas, Charlie appelle le commissariat pour annoncer un léger retard, récupère je ne sais quoi sur son ordinateur et m'accompagne dans un magasin qui ressemble plus à une vieille brocante qu'autre chose.

- Salut vieux frère ! Comment marchent les affaires en ce moment ?

- Ça peut aller, des hauts, des bas. Rien de folichon. Et toi ?

- Connais-tu le p'tit nouveau ? C'est Stan.

- C'est ton nouveau protégé ? Il ferait presque peur avec son crochet. T'es pas un Harponneur au moins, petit ?

- Non, ne t'en fais pas ! Si c'était le cas il ne serait pas là !

- Oui monsieur. Je n'ai rien à voir avec ces gens-là.

- Vous me rassurez. Et quel bon vent te ramène, Charles ?

- Oh tu sais, un petit besoin d'argent et des babioles à vendre.

- Je ne prends plus ri... mais qu'est-ce que...

- Et oui, un katana ! Un original en plus, et en bon état de conservation !

- Un original ça reste à vérifier... Mais où c'est qu't'as dégoté ça ? Ça ne court pas les rues. Ça n'a pas était volé au moins ?

- Non, il était à mon vieux tu sais.

- À ce vieux fou de Maurice ? Et tu peux le prouver ? Je suppose que non et que je dois te faire confiance.

Un sourire vicieux s'esquisse sur le visage du marchand comme s'il allait faire une affaire. Charlie sort un minidisque de sa poche, ça faisait des années que je n'en ai pas vu.

- Voilà le certificat d'authenticité au nom de mon cher père Maurice-Antoine Carvilier.

Le marchand et moi-même sommes figés. On ne s'attendait pas à ça. Et après vérification, le certificat valide bien les dires de Charlie.

- Alors, combien tu m'en proposes ?
- Euh...

Le marchand hésite et semble surpris du revirement de situation.

- Je t'en propose cent cinquante crédits.
- Trois-cents cinquante
- Trois-cents cinquante ?! Mais qui paierais une telle somme pour ce bout de ferraille ?
- Tu n'en veux pas ? Tant pis. J'irai le vendre à ta sœur, au coin de la rue.
- Non ! Tu ne peux pas me faire ça. Ma sœur va s'en vanter et me reparler de cette histoire jusqu'à la fin de mes vieux jours ! Euh...trois-cents vingt-cinq ! Je ne peux pas faire plus.
- Viens petit, on va chez Solange.
- Ok t'as gagné. Va pour trois-cent cinquante crédits.
- Tu fais une affaire. Allez vient petit. On y va.

On sort du magasin sans que je ne comprenne ce qu'il s'est passé. Charlie se dirige vers une banque et, après une opération, il me donne une carte.

- Tiens petit, c'est une MK Card. Je t'y ai mis les 350 crédits. Avec ça tu pourras t'acheter tout ce que tu veux hors de l'alcool, des armes et des véhicules. Donc, tout ce qu'il te sera utile.

La MK Card, je n'y avais pas pensé. Les MoneyKid sont faites pour offrir de l'argent aux mineurs n'ayant pas encore accès à leur compte.

- Merci Charlie. Mais comment avez-vous eu ce certificat ? Vous connaissiez Chris ?

- Qui ? Non ! Ce certificat était bidon. N'oublie pas que j'étais agent au service du gouvernement. Si je sais détecter un faux, je sais aussi en produire. Puis faut trouver une utilité à tout le matériel qui encombre ma maison.

- Mais c'est pas très légal tout ça, lui dis-je avec un sourire.

Il sourit à son tour.

- Allez, je te laisse, je dois y aller. Je serais de retour vers dix-sept heures. Tu auras qu'à m'attendre à l'accueil du commissariat. Caleb fait un très bon café.

- On se retrouvera au commissariat alors. Bonne journée en attendant.

Me voici, désormais, arpentant les commerces pour y trouver mon nécessaire de survie. Je prends des briquets, de la corde, une pince multifonction, une trousse de secours, une gourde, une cape de pluie et de survie, sans oublier de quoi manger en sachets lyophilisés. Je pense ne rien oublier. Il me faudrait bien un couteau mais je n'ai pas accès aux armes. Tout rentre dans mon sac hormis la gourde. Mais vu qu'elle s'attache à l'aide d'un mousqueton, je lui trouverai forcément une place.

Je me dirige vers le commissariat, quand je vois Charlie en sortir.

- Je te raccompagne ?

- Oui, je veux bien Monsieur.

- T'as pu trouver ce que tu voulais ? Et t'avais assez ?

- Oui largement assez. Il me reste plus de cinquante crédits. En revanche, il va me manquer un couteau.

- Ne t'inquiète pas, ce n'est pas ce qu'il manque chez moi.

Arrivés chez lui, on fait l'inventaire de mon paquetage en étalant tout sur la table.

- Attends-moi là. J'ai peut-être quelques choses qui pourraient t'intéresser.

Il s'en va fouiller dans un placard et revient avec une boîte métallique toute cabossée et l'ouvre.

- Tiens, tu cherchais un couteau, t'en voilà un !

Il sort un objet rond tout poussiéreux, fait de plastique et de métal.

- Voilà ce que je cherchais ! Tu vois petit, ceci, c'est une boussole. C'est l'ancêtre très lointain de nos systèmes de navigation.

- Ça marche comment ?

- C'est très rudimentaire. Tu vois la pointe d'aiguille colorée ? Eh bien, où que tu sois, elle indiquera le Nord.

- De nos jours ça serait très pratique !

- Oui et je t'en fais cadeau.

- Merci !

- Bon maintenant, il faut que je t'imprime tes itinéraires. Ça t'aidera pas mal.

Il retourne sur son ordinateur.

- Alors, Larry... Larry. Ah ! Larry est ici !

Il imprime une carte.

- Et maintenant, le général Clark...

- Le général Clark ? Celui qui a mis fin aux derniers conflits entre l'ExtrAmerique et les États-Unis d'Afrique ?

- Celui-là même. Avant tout ça, il était mon supérieur. S'il est toujours en vie, passe-lui le bonjour de ma part.

- Mais s'il a bougé ?

- Pas d'inquiétude. Il était parano et avait prévu la fin du monde avant même que quelqu'un n'y pense. Il est préparé. Vas-y de ma part.

- Ok. Bon ben il n'y a plus qu'à...

- Oui. Tu voudras partir quand petit ?

- Dans deux jours si je peux abuser de votre hospitalité.

- Pas de problème. Je demanderai à faire amener ton cheval à la sortie Nord de la ville.

- Merci.

- Arrête de dire merci à tout va ! Bon, ce n'est pas tout mais j'ai la dalle. On fait à manger ?

Deux jours à me reposer et à me préparer mentalement à ce qu'il y a à l'extérieur de la ville. Mon cheval me manque et me voilà fin prêt. Direction, la sortie Nord ! Ah, Falcon m'attend là, toujours aussi beau et majestueux. Je monte sur son dos.

- Au revoir petit, et bonne chance ! Au fait, tu donneras ça à Larry en le voyant.

Charlie me donne une petite sacoche.

- C'est quoi ?

- Rien. Un petit truc entre nous. Allez, file petit.

- Au revoir Charlie et merci pour tout !

Me voilà parti. En route pour chez Larry !

10

LES CHEMINS DE LA VÉRITÉ

Me voilà parti vers cet inconnu qui est devenu mon quotidien. Je suis l'itinéraire de Charlie. La carte n'est pas très à jour et l'endroit où se trouve Larry est approximatif, mais ça devrait suffire. Devant moi se trouve une longue et étroite route entourée de forêt. Le secteur était réputé pour être un coin paumé, je comprends désormais pourquoi ! Le soleil semble m'encourager dans ma quête et le calme forestier est d'un paisible très agréable. Normalement, il devrait y avoir un chemin sur la gauche. Ah, le voilà. Il me reste encore quelques kilomètres à travers la forêt avant de tomber sur sa maison. Les rayons de soleil traversent les feuillages denses des chênes et des marronniers. Les oiseaux chantent, j'aperçois un jeune cerf au loin. Je croise les doigts pour ne pas me faire charger par un sanglier, ça ne m'étonnerait pas qu'il y en est un ou deux qui traînent par ici. Le chemin monte jusqu'à une petite maisonnette en bois. Ça doit être là ! Je m'avance doucement. A une centaine de mètres de l'entrée se trouve un panneau avec une inscription « défense d'entrer, propriété piégée ». Je descends de cheval et l'approche prudemment.

- Hé ho ! Il y a quelqu'un ? Larry, vous êtes là ? C'est Charlie qui m'envoie. Charles Henri Carvilier.

Je fais quelques pas en avant quand soudain quelque chose m'attrape le pied. Mon corps s'élève dans les airs et me voilà tête en bas, pendu par les pieds.

- À l'aide ! Venez m'aider ! Larry ! Par pitié sortez-moi de là !
Au loin, une voix me parvient.

- Dégagez ! Vous n'avez rien à faire là. J'ai droit de vie ou de mort sur mes terres !

- Je veux bien descendre mais comment ?

- Débrouille-toi ! Je ne veux pas savoir.

- Charlie m'a dit que vous seriez intéressé par mon histoire et que vous m'accompagnerez. Allez, détachez-moi !

- Qu'est ce qui pourrait m'intéresser ?

- Aller chercher le général Clark pour en savoir plus sur ce qu'il se passe !

- Comment ça ?

- Si vous voulez en savoir plus, détachez-moi et je vous dirais tout.

Après avoir longuement marmonné tout seul. Je l'entends tourner autour, dans les buissons près de moi quand soudain, je descends rapidement vers le sol. Je m'écrase tel un vieux sac. La tête me tourne, le sang m'y est monté. Je reprends mes esprits et me lève. Larry m'attend, un vieux fusil à poudre pointé sur moi.

- Allez, avance, mon gars. Et pas d'conn'rie. Sinon je t'aère la tête !

J'avance jusqu'à chez lui. J'accroche Falcon à un des piliers de la maison.

- Entre et assied toi ! Ta tête me dit quelque chose, et crois-moi, j'oublie jamais un visage. On s'connait ?

- Euh...non, je ne crois pas.

- Ah bon ? Et comment t'as connu Charlie et pour qu'elle raison saugrenue crois-tu que j'vais te suivre ?

Je prends place face à lui. Il baisse son fusil mais le garde tout de même sous la main. Je prends un petit moment pour observer sa maison. On dirait une cabane de vieux film d'horreur américain : une cabane en bois perdue dans la forêt avec aux murs des trophées de chasse et de vieux cadres tous aussi moches les uns que les autres. Des tas d'outils et de babioles d'un autre temps traînent dans les étagères. Lui est un homme dont l'âge est difficile à deviner. Je dirais la quarantaine, sans trop de convictions. Grand, maigre, ses joues creusées allongent encore plus son visage. Mal rasé et des cheveux longs et gras, il ne donne pas envie de lui faire des câlins. D'un coup, il tape sur la table de sa grande main filiforme.

- Bon alors, t'accouches ! J'ai pas qu'ça à faire moi, mon gars !

- Ok. Charlie m'a hébergé ces derniers jours. Ah, oui, c'est vrai. Il m'a dit de vous donner ça.

Je sors la sacoche en nylon noir de Charlie. Larry l'ouvre. C'était en fait de la nourriture et un mot : « Salut l'ami ! Prends soin du petit, il n'est pas méchant et a peut-être fait une découverte qui t'intéressera. En attendant de te revoir, je t'ai pris un fromage aux myrtilles comme tu les aimes. Amicalement. Charlie. ».

Son visage est passé de la méfiance à la sympathie en un instant. Cet homme doit être paranoïaque et bipolaire. Ce n'est pas possible autrement.

- Bon. Ben tu vas m'raconter tout ça autour d'un verre. Tu bois quoi ?

Je suis déconcerté par le changement radical de situation.

- De l'eau me suffira.
- Ben, t'es pas difficile ! C'est quoi ton nom déjà ?
- Moi c'est Stan.
- Ok Stan. Moi c'est Larry. Désolé de l'accueil mais y a pas beaucoup de gens respectables qui trainent dans l'secteur.
- Oui, je comprends...
- Donc c'est quoi cette histoire ? Raconte mon gars.

Et là je commence à lui raconter un peu mon histoire, mon réveil, mes différentes altercations avec ce nouveau monde qui se présente à moi, ma rencontre avec Charlie. Puis, j'en arrive à ce fameux arrêt sur image qui nous a aiguillé vers le projet 413, lié fort probablement à la chute d'une sonde extraterrestre sur la côte australienne.

- Les extraterrestres ! J'en étais sûr. Y a qu'eux qui auraient pu foutre un bordel pareil. Ah, je l'savais ! Ils essaient de nous monter les uns contre les autres pour qu'on s'autodétruise et pour mieux nous diriger par la suite. Salauds !!! Mais moi, moi, ils m'auront pas. J'suis plus filou qu'eux !!

Et voilà, je suis tombé sur un conspirationniste. Me voilà bien...

- Larry, Larry, Larry. Ne vous emballez pas !

- Je m'emballe si je veux ok ?

- O-k. Charlie m'a montré où trouver quelqu'un qui pourrait nous en dire plus à ce sujet. Et il m'a dit que ça vous intéresserait de m'y accompagner.

- Fais voir ?

- C'est à une vingtaine de borne d'ici. Mais tu ne pourras pas suivre ce chemin car le pont, un peu plus haut n'existe plus. Je l'ai fait sauter.

- Mais pourquoi ?

- Trop de dégénérés venant des villes plus au Nord. Mais si tu descends la rivière, y a moyen de trouver un passage.

- Ok, et au pire il me reste ça pour me repérer dans l'espace.

À ce moment, je sors la boussole de mon sac.

- Avec ça, on aura toujours le Nord en vue.

- Mon gars, je veux pas te contredire mais là, c'est pas le Nord qu'elle t'indique ta boussole… C'est l'Ouest.

Je sors pour me repérer au soleil, et effectivement, cette boussole m'indique bien l'Ouest. Je remarque que l'aiguille tremble alors qu'elle était stable chez Charlie. Bizarre. Larry sort, un sac sur le dos.

- Quand t'as un signe qui s'présente comme ça, à toi, faut le suivre ! On y va !

Je le vois sortir un vieux vélocipède de derrière sa maisonnette. Il me prend la boussole des mains.

- Allez ! Suis-moi !

J'ai à peine le temps de monter à cheval qu'il est déjà loin. Ce mec est dingue. Même si Charlie m'avait prévenu, je ne le voyais pas comme ça.

- Attendez-moi !

- Dépêche-toi un peu aussi...

En fonction de notre position, l'aiguille oscillait plus ou moins mais elle semblait indiquer un point plus qu'une position. Nous traversons forêts et routes jusqu'à la nuit tombée. On s'arrête pour se restaurer. Larry sort des sacoches de son « vélo » une sorte d'abri en toile. Je crois qu'il appelle ça une « canadienne », mais je n'en suis pas sûr. On se pose près d'un feu avant de se coucher.

- Dites-moi Larry, pourquoi vous vivez en ermite ? La ville est juste à côté et vous y seriez bien non ?

- J'ai toujours vécu comme ça. J'ai pas l'habitude du monde et j'suis un solitaire. J'me suis toujours fait rejeter, tout petit déjà.

- Par rapport à quoi ? Vous êtes un peu bizarre mais de là à vous exclure ?

- A cause de mes parents. Ou plutôt de l'humour débile de mes parents.

- Comment ça ?

- Je ne suis pas un enfant voulu mais ils ont quand même décidé de me garder. Et ils m'ont appelé Larry « juste pour rigoler ».

- Mais en quoi Larry est un drôle de prénom ?

- Ben quand ton nom est Coverican.

- Je vois pas...

- Larry Coverican... l'haricot vert ricane, c'est difficile à porter pour un gosse...

- Oh putain, les salauds ! C'est vache quand même.

- Tu peux le dire. J'ai pu voir au final le vrai visage des gens : hypocrites et méchants. Et le recul de tout ce monde me convient. Puis le monde n'a pas besoin de gars comme moi. Je vis ma vie, ils vivent la leur. Et tout le monde est satisfait ainsi. Puis tu sais petit, ça m'a toujours permis de vivre ma vie comme je l'entends. Pas de contrainte, pas de code de conduite. L'arrivée de ce Grand Bouleversement m'a conforté dans ce choix. Comme si j'avais été prédestiné pour cet événement. Tu crois en la destinée toi ?

- Non, pas vraiment.

- Moi si.

La nuit est sombre, les étoiles brillent très haut dans le ciel. On éteint le feu pour se relayer toute la nuit. Le coin n'est pas sûr. Larry prend le premier tour de garde. Et moi je sombre.

Le soleil se lève étalant les ombres au sol de sa lumière rasante. Larry dort comme un bébé et ne m'a pas réveillé pour mon tour de garde. Sur le coup, on a eu de la chance. On aurait pu se faire attaquer une centaine de fois dans ce campement de fortune. Heureusement, rien de tout ça n'est arrivé. Je rallume le feu, c'est l'heure de se faire un petit casse-croute pour bien commencer la journée. Je réveille mon nouveau compagnon de route qui bave dans son sommeil tel un molosse devant sa gamelle. Mangeons !

Nous voilà repartis. La boussole oscille de moins en moins et semble se stabiliser. Elle pointe vers une grande ville de la côte, semble-t-il. Encore quelques kilomètres et nous serons fixés sur nos doutes. Nous arrivons à ce qui ressemble aux vestiges d'une grande ville. Impossible de définir de quelle ville il s'agit, vu les ruines qui se présentent à nous. Mais qu'est-il arrivé ici ? Une demi-douzaine de bâtiments sont éventrés. Tous suivants la même trajectoire. Trajectoire pointée par la boussole.

Au fur et à mesure que l'on s'approche, le paysage devient que mort et désolation. Pourtant, ces quartiers n'étaient que tourisme et luxe. Peu de personnes pouvaient se permettre un séjour sur cette ville côtière. Qui dit riche, dit implants. Et dans leur cas, la richesse n'a eu aucune pitié. Pas de traces de luttes, aucune trace de Harponneur. Les gens ont dû s'effondrer et sécher sur place. On suit prudemment les dégâts subis par les immeubles. À chaque pas, j'essaie d'imaginer comment devait être ce lieu soi-disant paradisiaque si prisé par la haute société. Des palmiers le long de larges routes, des hôtels luxueux entièrement vitrés avec jardins et piscines sur les toits, des véhicules uniques un peu partout. Ce n'est pas trop mon genre mais ça devait avoir son charme.

- À votre avis, c'est quoi ce qu'on voit là-bas ?
- Un putain de cratère. T'as vu la taille de ce trou ?
- Je pense qu'on n'est pas loin de ce qu'on cherche.

On s'approche. La boussole reste figée. Le cratère doit faire entre cent et deux cents mètres de diamètre, sur une bonne dizaine de mètres de profondeur. En son centre, un trou qui paraît profond, comme si l'objet avait continué sa course après l'impact. Aux vus des vitres et des murs pulvérisés aux alentours, on peut imaginer la violence du choc. Les véhicules ont été projetés de part et d'autre du cratère pour finir compactés comme de vulgaires canettes en aluminium contre les façades environnantes. Des débris de tous matériaux confondus jonchent le sol. Des morceaux d'hommes et de femmes se retrouvent là, séchés parmi les gravats. Plus de signe de vie. La mort a frappé d'un grand coup sur la ville. On contourne le cratère pour trouver le moyen le plus sûr d'y accéder. Larry m'interpelle, joyeux comme un enfant ayant trouvé trésor.

- Viens voir Stan ! La boussole, elle bouge ! Suis-moi !

Effectivement, l'aiguille de ma boussole suit plus ou moins le centre du cratère.

- La boussole nous a guidés vers cette chose ! C'est génial. Suis-moi Stan ! Allons voir ce que cache ce trou. Je vais pouvoir enfin prouver qu'ils existent et qu'ils sont parmi nous !

11

LE CRATÈRE

Nous nous frayons un chemin parmi les restes de corps et les gravats pour accéder au trou central. Je suis contraint de laisser Falcon à mi-chemin à cause du sol impraticable. Larry y laisse aussi son vélo. On s'approche du trou. Il fait deux bons mètres de diamètre, de forme parfaitement cylindrique et s'enfonce de façon légèrement oblique. Le projectile a dû arriver à une vitesse faramineuse pour faire un trou de la sorte. La boussole pointe bien vers le fond du trou. Je sors un briquet de ma poche et ramasse un vieux morceau de papier froissé et poussiéreux. Je l'allume et le jette machinalement dans le trou pour en voir la profondeur. Le papier tombe en flottant le long du tunnel. Larry et moi regardons, fascinés, cette feuille morte éclairant notre futur chemin tombée au plus profond de ce gouffre avant de se poser délicatement sur un objet aux reflets métalliques et de s'éteindre d'un coup net.

D'un coup Larry me saute dessus, me plaque au sol et m'enfonce le crâne dans la poussière.

- Planque-toi ! Ça va sauter !

Après m'avoir fait faire un arrêt cardiaque et manger de la terre pendant trente secondes, Larry ouvre les yeux et relève la tête.

- Ah ben non en fait... Fausse alerte ! Désolé.

- T'es gentil mais préviens moi avant de tenter de me tuer par asphyxie !

- Désolé. Mais ça aurait pu être explosif.

- Et tu as attendu le dernier moment pour me mettre en garde ? Après avoir regardé lentement le papier descendre ?

- C'était trop joli à voir. Je ne pouvais pas quitter la flamme des yeux.

- T'es vraiment frapadingue !!!

Cette expérience nous aura appris au moins deux choses : premièrement, que l'objet en question ne semble pas craindre le feu. Et deuxièmement, qu'il va falloir descendre à plus de vingt mètres de profondeur pour l'atteindre. Comment faire ? J'ai bien de la corde, mais j'en ai que huit mètres, ça ne suffira jamais. Je me rapproche de Larry qui, au final, n'a pas ça non plus. Même en ajoutant nos ceintures à la corde, nous sommes loin du compte. Réfléchissons...

- Stan... Stan... STAN ! You hou ! Descend de ton nuage !

- Qu'est-ce qu'il y a ?

- La solution est juste devant toi.

- Comment ça ? Je ne te suis pas.

- Qu'est-ce qu'il y a là-bas ?

- Un port.

- Oui, et que trouve-t-on généralement dans un port ?

- Des bateaux.

- Donc...

- Accouche ! Je ne vois pas où tu veux en venir ?

- Bon dieux ! Sur les bateaux, il y a des cordages bougre d'imbécile ! Mais comment as-tu pu survivre aussi longtemps ? C'est pour moi un mystère... Allez suis-moi !

Après que Larry se soit bien moqué de moi, nous allons direction le port, qui est à portée de vue, pour chercher des cordages. Dès le premier bateau, nous avons assez de corde pour descendre. On revient sur place mais un autre problème se pose à nous : il n'y a rien pour l'ancrer. Le terrain est beaucoup trop dur pour y planter quoi que ce soit. L'impact ayant pulvérisé tout ce qui entoure la zone, il n'y a pas d'objet assez lourd pour y attacher la corde. Et vu la maigreur de Larry, il ne tiendrait pas cinq minutes avant d'être emporté avec moi au fond. Après avoir retourné le problème dans tous les sens, il nous reste une solution : Falcon ! Et c'est parti pour déblayer le chemin pour qu'il puisse nous rejoindre. Deux heures à déplacer des débris pour arriver à nos fins.

On attache solidement la corde à son harnais et je commence la descente. J'espère trouver quelque chose d'intéressant avant la tombée de la nuit.

Dès les premiers mètres, la lumière se fait rare et m'oblige à sortir le briquet à plusieurs reprises pour voir où je mets les pieds. Je dois reconnaître que ma griffe est bien utile dans un moment pareil. Plus je descends, plus l'atmosphère est pesante. Une odeur de mort s'amplifie. Les parois sentent le sang et la chair défraîchie. Comme si le projectile avait emporté dans sa course une flopée de personnes, tapissant son sillage de leurs restes. Le sang paraît de plus en plus frais, à croire qu'il s'est mieux conservé à l'intérieur du trou. Étrange tout de même. Quelques mètres plus bas le sol est plus meuble, voire humide. Et là, une vision d'horreur : du sang partout. Les murs sont des éponges sanguinolentes transpirant d'hémoglobine à chaque recoin. Mais comment est-ce possible ? Je sens mon estomac se retourner mais je ne suis pas descendu si bas pour ne pas aller jusqu'au bout. Encore un effort et me voilà près du fond. J'observe plus en détail à l'aide de mon briquet. C'est une véritable marre de sang ici-bas ! L'odeur est abominable. J'aperçois l'engin responsable de ces dégâts, une sorte de grosse boule métallique bien ancrée dans le sol, baignant dans une mare visqueuse rougeâtre. C'est la même que j'ai pu voir sur l'écran de Charlie. Je distingue, en partie, un dessin semblable à celui que j'ai vu sur l'image : une sorte de tête de poulpe dans un cercle. La plus grosse partie du logo est sur une plaque qui peut, apparemment, se démonter. Je range mon briquet et tapote mes poches dans l'obscurité. Merde ! J'ai laissé ma pince en haut dans mon sac. Tant pis, il va falloir que je remonte. Je commence mon ascension pas à pas. En levant la tête, je vois la nuit tomber. J'y retournerai demain. Le tunnel me paraît plus profond qu'à l'aller, la fatigue et l'odeur ne m'aident pas. Larry non plus d'ailleurs.

- Et Larry ! Tu peux m'aider à remonter s'te plait ?

Pas de réponse. J'espère qu'il ne s'est pas endormi ou pire, qu'il n'est pas parti me laissant là en plan. Peut-être qu'il ne m'entend tout simplement pas. C'est que je suis encore bien au fond. Il faut continuer. Arrivé à la moitié du parcours, je retente de m'égosiller à appeler mon compagnon de route... En vain ! J'entends soudain un hennissement. Falcon ! Je monte le plus vite possible quand j'entends les gémissements d'une voix bâillonnée. Il fait trop sombre pour voir quoique ce soit mais je distingue une ombre d'un homme debout.

- Sortez de là, profanateur de lieu sacré ! Vous subirez le courroux de Dieu pour cette infamie. Nul n'est assez pur pour pénétrer dans l'empreinte du doigt de Dieu ! Qu'on les emmène !

Soudain, je sens des bras m'agripper et m'extraire de mon logement. Je n'ai pas le temps d'analyser la situation qu'on me met la tête dans un sac. Je hurle « Aux secours » à en perdre haleine. Personne ne vient, personne ne viendra. Alors, je me débats tant bien que mal, mais ils sont trop nombreux. On m'a immédiatement immobilisé ma griffe avec une corde. On me traîne, me donne des coups, pour finir ligoté et jeté dans une charrette de fortune. Tout est fini. Ça doit être des Originaux ou un truc du genre. Je n'ai plus la force de bouger. Je sens qu'on me ligote. Des voix marmonnent autour de moi... Ma fin est proche... très proche...

119

12

LE CULTE

Tout me semble flou. J'ai mal partout et je suffoque. Je ne sais pas combien de temps je suis resté inanimé, mais je suis en vie. Enfin, en vie… pour combien de temps ? J'ouvre mes yeux endoloris. Je suis à côté de Larry. Ils ne l'ont pas loupé ces salauds. On est tous les deux bâillonnés, les mains liées à l'armature d'une sorte de chariot fait de bric et de broc. On partage notre « cellule » avec deux corps inertes. Je ne saurais dire s'ils sont morts ou non. Mais si ce n'est pas le cas, c'est pour bientôt. Non loin de là se trouve un autre chariot avec trois autres malheureux dans un état pire que le nôtre. Falcon, mon ami, est attaché à un pilier en ruine près du cratère. Ils ont l'air d'avoir pris bien soin de lui. Nous nous trouvons en plein milieu d'une sorte de comité d'une dizaine de personnes. Ça m'a l'air d'être un pèlerinage ou une réunion secrète. Ils portent tous une soutane blanche tachée de terre et de sang. L'un d'eux semble être le chef. Il porte une espèce de collier de je ne sais quoi autour du cou. Mais, non ce n'est pas possible… C'est immonde ! Un collier de doigts humains ! Pas de panique. Pas de panique… Mais si je panique !!! Mais qui sont ces monstres ? Pourquoi cette réunion et pourquoi nous ? J'ai beau me démener, rien ne bouge. Mes liens sont bien trop serrés ! Que vont-ils faire de nous ?

La nuit tombe, je profite de mon dernier couché de soleil. Le chef réunit ses disciples autour du cratère.

- Aujourd'hui, en ce saint crépuscule, nous t'implorons. Hier, lors de la prière, des individus ont profané ton œuvre. Pardonne-les et accepte leurs âmes au nom du grand jugement.

- *Gloire à toi Seigneur, toi qui n'es que bonté. Montre-nous la voie*, répètent tous les autres en cœur.

- Nous avons pêché en déversant aveuglément notre foi en la technologie, œuvre du Diable et du Vilain. Tu nous as envoyé un signe pour nous guider, nous, pauvres brebis égarées. L'empreinte de ton doigt témoigne de ton acte et nous permet de nous souvenir de nos erreurs.

- *Gloire à toi Seigneur, toi qui n'es que bonté. Montre-nous la voie.*

- Aides nos âmes dans le chemin du pardon et donne-nous la force de purifier cette terre des infidèles mécanisés, modifié, souillés.

- *Gloire à toi Seigneur, toi qui n'es que bonté. Montre-nous la voie.*

- Mes chers frères, demain aura lieu le jour de la purification élémentaire. Nous rendrons gloire à chaque élément que Dieu a mis à notre disposition : le feu, l'eau, la terre, l'air et le sang. Nous commencerons les préparatifs dès l'aube. Ce moment est pour nous un moyen de garder profondément dans nos esprits, que nos corps appartiennent au tout puissant et leurs fragilités les rendent éphémères sur Terre, mais immortels dans les cieux.

La messe continue un peu, avant qu'il ne décrète le moment du repas. En guise de dîner, nous avons eu droit à un seau d'eau de mer en pleine tête. J'aurai aimé une dernière volonté pour le repas du condamné.

La nuit passe, il m'est impossible de dormir. Nous allons sûrement être sacrifiés au nom de leur Dieu qui n'est autre qu'un bout de métal au fond d'un trou ensanglanté. D'ailleurs, vu la quantité de sang qui tapisse les parois, ils ont dû en faire des sacrifices. Comment allons-nous être traités ? Brûlés ? Empalés ? Crucifiés ? Je regrette d'avoir suivi cette foutu boussole et ce fou de Larry. Pourquoi en arriver là ?

Le matin se lève, des torches sont plantées et allumées autour du trou. Une cuve éventrée pleine d'eau a été traînée depuis le rivage. Sur le sol, un mât est taillé en pointe avec, fixée en croix, une tringle aux pointes rouillées. Le maitre de cérémonie arrive prêt du lieu suivi de ses disciples. L'un d'eux tient un coussin sur lequel se trouve un long poignard.

- Mes biens chers frères, que la cérémonie commence.

Le chef s'agenouille et dépose devant lui le collier de doigts.

- Ô, Seigneur, reprends ce témoignage des éléments afin de renouveler notre foi.

On lui amène une torche. Il brûle le collier en marmonnant une incantation en je ne sais quelle langue. Sûrement du latin. Ils récupèrent la chaîne et la désolidarisent des restes humains. Puis ils la brandissent telle une relique.
- Qu'on m'amène le premier élément !

Un des prisonniers est traîné jusqu'au chef. Ce dernier saisi le poignard et lui coupe un doigt. Le pauvre homme hurle et se débat avec le peu de force qui lui reste.
- Dieu ! Nous te donnons cette âme en remerciement de l'élément qui donne la vie. Puisses-tu bien l'accueillir parmi les tiens.

A ce moment, deux des disciples enfoncent la tête du prisonnier dans la cuve jusqu'à ce qu'il ne bouge plus. Puis, ils traînent la dépouille en direction du port tout en marmonnant des chants bizarres.

Ces fous pratiquent le sacrifice humain pour satisfaire leur pseudo-dieu. Les prisonniers suivants n'ont pas vraiment plus de chance. Le deuxième a été brûlé vif. Une odeur abominable s'en est dégagée. Le troisième a été égorgé au-dessus du trou. Après l'avoir vidé de son sang, ces monstres l'ont attaché à l'arrière d'un des chariots. Je les imagine bien en train de le traîner jusqu'à qu'il n'ait plus de peau ni de chair. Le dernier a été empalé et crucifié sur la tringle en guise de drapeau pour « honorer le vent ». Chaque sacrifié a eu un doigt coupé. Je ne sais pas encore ce qu'ils veulent faire de nous deux.

La cérémonie s'achève. On dirait qu'ils font une pause. Ce sont des fanatiques. L'un d'eux confectionne à nouveau le collier de leur chef avec de nouveaux doigts récupérés sur les victimes de leur sacrifice. Un doigt par offrande. Ces gens-là me répugnent. À croire que le Grand Bouleversement n'a fait que sélectionner les plus extrémistes de chaque mouvement. C'est horrible !

La nuit approche et nous n'en savons pas plus sur l'avenir de notre sort. Le comité se réunit à nouveau autour du trou. Falcon est amené près d'eux.
- Dieu, vous nous avez envoyé ce noble animal. Il est en notre devoir de nous en occuper. La couleur de sa robe ne nous a pas induits en erreur. Il est bien au service des ténèbres, tout comme ses accompagnateurs, il doit être purifié.

Les disciples se préparent à le sangler, tandis que le chef prépare sa lame. Je hurle en m'en briser les cordes vocales.
- Nooooon ! Falcon ! Ne faites pas ça ! Il n'a rien avoir dans tout ça ! Relâchez-le !

Mais rien à faire. Je ne peux qu'émettre des gémissements à travers mon bâillon.

Le chef saisit sa lame et égorge mon cheval. Falcon hurle à la mort et se débat comme il peut. La lame s'enfonce profondément dans sa gorge. Il y a du sang partout, s'écoulant en ruisseau dans le trou. Falcon s'agenouille, tête en avant. Il n'est plus qu'une carcasse de chair et d'os. Je n'en peux plus de pleurer et de hurler tandis qu'ils cherchent désespérément à désolidariser la tête du corps afin de la laisser dans le trou en offrande à leur Dieu.

Tout à coup je sens des mains m'attraper les poignets et une autre se poser sur ma bouche.

- Chut ! Reste tranquille…

C'est Larry. Mais qui l'a détaché, et qui me détache en ce moment ?

- Qui êtes-vous ?

- Pas le temps de faire les présentations, il faut qu'on se taille de là et en vitesse.

- T'inquiète pas Stan, c'est un ami.

- On discutera après. On met les voiles. Larry j'ai récupérer ton vélo et j'ai chargé le sac de ton pote dessus.

- Ok mon gars.

- En parlant de chargé. Ton vieux fusil, il l'est ?

- Oui pourquoi ?

- Pour abattre un ou deux de ces tarés du bulbe. Ils vont rejoindre leur Dieu de façon expéditive.

Le temps que ces fanatiques achèvent le travail sur mon pauvre cheval, on prend un peu de distance. Notre sauveur vérifie le fusil et au moment de viser, je l'interromps.

- Donne-moi ça, c'est à moi le faire !
- Pas de problème mais dépêche-toi.

C'est une arme à deux coups. Le premier, je l'adresse à ce tortionnaire de chef. Le bruit résonne dans toute la ville stoppant net les prières. J'ai visé la tête, mais au final, je l'ai touché en plein larynx. Il souffrira un peu plus longtemps ce salopard. Le second tir était pour son bras droit mais j'ai raté mon coup.

- Courrez ! Vers la forêt !

On court à en perdre haleine. On puise dans ce qu'il nous reste de force et dans la montée d'adrénaline. On arrive dans la forêt. L'inconnu nous guide vers un détour qui en fait ramène dans les derrières de la ville. On s'arrête dans une maison ouverte. Plus personne ne parle. On écoute attentivement si quelqu'un nous a suivis. Le silence règne. Nous leur avons échappé ! Je m'assoie, exténué. J'en profite pour regarder et remercier notre sauveur. Il n'est pas très grand, les cheveux longs et le visage couvert par un chèche. Il porte une chemise à peine boutonnée et un bermuda ample. Sur ses bras, un tas de bracelet, cordes et autres chaines. Il a une sacoche en bandoulière et une grande lame à la taille. Il a l'air paré à toutes éventualités.

- Merci monsieur, vous nous avez sauvés. Comment pourrais-je vous remercier ?
- De rien Stan, c'est normal !
- Euh Stan ? On se connaît ?

- Oui, même avec ta gueule toute défoncée je t'ai reconnu frangin.

- Raph... Raph... C'est bien toi ? Je ne rêve pas ?

Il retire son chèche et me fait un grand sourire. J'ai retrouvé mon frère, ma famille, la seule chose qui me reste au monde ! J'en tombe à genoux et pleure ce qu'il me reste de larmes. Trop d'émotion d'un coup. Je ne réalise pas. Ça ne peut pas être vrai. C'est sûrement une hallucination. Mais non ! Il est bien là, devant moi ! Larry se retourne vers Raph.

- Je savais bien que sa trogne me disait quelque chose. Ce loustic est donc ton frère ?

- Et oui. Ça fait plaisir de te savoir en vie. Tu m'as manqué tu sais ?

- Toi aussi.

- Mais dis-moi Raph, qu'est-ce que tu fais dans le secteur ?

- Je te cherchais Larry. Je suis passé chez toi et tu n'étais pas là. J'ai donc poussé jusqu'au village où on m'a parlé d'un nouveau et d'aller voir le vieux Charlie. Il m'a expliqué vite fait la découverte que Stan a fait et que vous deviez aller tous les deux rechercher un dénommé Clark je crois. De là, je suis retourné chez toi et j'ai remarqué les traces de ton vélo et celle d'un cheval. Et j'ai suivi la piste. J'aurai aimé arriver plus tôt.

- Tu ne pouvais pas deviner... Puis on est vivant finalement.

- Mais à quel prix ? Mais d'ailleurs, vous, qu'est-ce que vous foutiez là ?

Je sors la boussole de ma poche.

- C'est ça qui nous a conduit ici. Cette boussole indique le Nord en temps normal sauf qu'en zone morte, elle oscillait vers la direction de ce cratère.

- Donc les engins, tombés du ciel lors du Grand Bouleversement, émettent des ondes magnétiques.

- Oui apparemment. J'aurais aimé récupérer le bout de carcasse portant le signe du dossier secret. Mais je n'aurai pas le cœur de descendre dans le trou après ce qu'il s'est passé.

- Je connais un endroit où une sphère est tombée. Il est très difficile d'accès, mais là au moins, pas de risque de lieu de culte. Personne pour vous déranger.

- Ça serait super.

- Bon en attendant, on va discrètement faire le tour de la ville et se poser chez toi, Larry. Il nous faudra du repos.

- Bonne idée.

13

LA DÉCOUVERTE

Nous arrivons chez Larry. Mon frère et lui ont l'air de bien se connaître. Ils semblent avoir une bonne complicité ensemble. Je regrette tant d'avoir été si loin, si longtemps. J'espère pouvoir, un jour, rattraper le temps perdu.

Il est temps de se reposer un peu en reprenant des forces devant un bon repas. En quelques minutes, je m'assoie sur le canapé et m'endors paisiblement. Malgré toutes les atrocités que j'ai vécues ces deux derniers jours, j'ai retrouvé mon frère et nous sommes en vie. Je peux dormir tranquille cette nuit.

A mon réveil une bonne odeur de cuisine vient titiller mes narines. Ça sent bon les légumes mijotés. Larry et Raph sont déjà assis à table en train de parler de leurs aventures.

- Hé ! Salut ! Bien dormi frangin ? J'avais oublié à quel point tu ronflais fort.

- Merci. Je te retourne le compliment.

On se sourit.

- Allez, vient à table mon gars et sers-toi ! Faut reprendre des forces pour aller chercher un bout du caillou de métal.

- Oui mais comment on va faire ? On n'a plus de moyen de locomotion. Et ça ne doit pas être la porte à côté.

- Je te confirme que ça va être assez long. Mais vu ce que m'a montré Larry, on ne sera pas très loin de ton Clark machin-chose.

- Général Clark.

- Oui c'est ça. Je dirais qu'on en a pour quatre bons jours de marche si on n'a pas d'encombres en chemin. Puis il nous restera un bon jour de marche pour voir votre général.

- Ok. Et toi Larry, tu n'as pas d'autres vélos ?

- Non mon gars ! Puis le mien, c'est l'mien ! Et je le garde !

- Bon, dans tous les cas va falloir se préparer à marcher longtemps et dans des endroits plutôt scabreux si on veut éviter les problèmes.

- On se pose et on fait un petit inventaire de ce qu'on a et de ce qu'il nous faudra. Quitte à aller en ville avant de partir.

- Ok

Quel bonheur de pouvoir profiter de la vie ne serait-ce qu'une journée. On a beaucoup discuté. Raph a perdu sa compagne au moment du Grand Bouleversement. Elle avait des implants cérébraux et avec la douleur, elle s'est jetée du haut d'un immeuble. Ils n'avaient pas d'enfant. Depuis il a tracé la route pour me retrouver avant de perdre espoir en voyant mon appartement saccagé et l'état chaotique de la ville où je résidais. Je lui raconte mon accident. Comment je me suis bêtement fait broyer le bras, mon entrée au bloc opératoire et mon réveil quatre ans plus tard après mon coma artificiel, ma rencontre avec Anna et la Communauté pour en arriver chez Larry. Il a subi pas mal de choses lui aussi en quatre ans. Il est torse-nu devant moi et il est couvert de cicatrices. Elles ont toutes une histoire. Des Harponneurs, des Originaux, des mercenaires, de simples bandes de racailles. Tous ces univers d'extrémisme et de délinquance à traverser durant quatre longues années. Il s'est trouvé apparemment un coin tranquille. Un petit groupe de survivants avec à sa tête une petite famille accueillante mais loin d'être naïve. Il y est le bienvenu. On parle pendant des heures à tel point que Larry finit par s'endormir sur sa chaise. Nous voilà enfin réunis et rien ne pourra nous séparer.

Ce soir, on commence notre inventaire. Départ prévu pour demain matin. À chacun ses armes, ses rations d'eau et de nourriture, de quoi s'abriter et de quoi faire un peu d'alpinisme car l'objet de nos recherches se trouverait en hauteur, dans un coin difficilement accessible. Et pour finir, de quoi allumer un feu. Idéal pour faire cuire les bêtes sauvages la nuit tombée. N'oublions pas la boussole qui nous sera très utile dans notre quête et nous voilà paré. On charge ce qu'on peut dans nos sacs, tout en se répartissant les charges et on profite de notre dernière nuit au chaud sous un toit avant un bon moment.

Ça y est. Il est l'heure de partir. Direction plein Nord ! On emprunte au maximum les routes afin d'avoir une meilleure visibilité de ce qui nous entoure et mon frère nous guide pour éviter les zones à risques qui lui sont connues. Les deux premiers jours se passent très bien, sans encombre. Le troisième est plus difficile. Les crampes se font sentir ainsi que la fatigue. Raph pète le feu mais il est bien le seul. Avec Larry, nous ralentissons le pas afin de pouvoir souffler un peu. Après trois jours et demi de marche, Raph nous interpelle :

- Vous voyez la falaise là-bas ? C'est là que nous allons. Une des boules a été vue tombant vers là-bas.

Je sors ma boussole. Effectivement, elle indique bien cette direction. On va pouvoir enfin ralentir la cadence ! Il nous reste une petite forêt à traverser puis il va falloir grimper. Ça n'a pas l'air bien haut vu d'ici. En s'approchant, on commence à bien voir la trajectoire de l'objet à travers les arbres. Toute une partie rabattue puis soufflée à l'approche du supposé cratère.

Deux heures plus tard nous arrivons en haut de la colline. Après avoir grippé jusque-là, deux choses nous sautent aux yeux : premièrement, c'est bien ici que l'objet a heurté le sol. Et deuxièmement, l'objet n'a pas terminé sa course ici, mais a traversé la colline pour se loger dans une cavité de l'autre côté dans la vallée. Donc c'est parti pour redescendre... La nuit tombante, on décide de camper dans le sillage de la boule métallique.

Au petit matin, on redescend pour accéder à la cavité abritant l'objet de notre quête. Effectivement la sphère est là, étonnamment intacte. Toujours le même dessin inexpliqué sur une des plaques. Je sors ma pince multifonction et commence à dévisser la plaque délicatement. Larry recule de peur d'une éventuelle explosion. Je prends la plaque entre mes mains. Rien de particulier dessus hormis le symbole tentaculaire. L'intérieur de la sphère, en revanche, semble être fait d'électronique issue de technologie tout à fait humaine. Ça ressemble à une carte mère munie de plusieurs cartes filles imbriquées et clignotantes. J'en tire une par curiosité pour la voir de plus près. Une sorte de silence se créé autour de moi. Comme s'il y avait un bruit parasite auparavant qui se serait arrêté d'un coup. Même l'atmosphère devient moins lourde est oppressante. Par réflexe, je regarde la boussole. Elle n'indique plus la sphère mais à nouveau le Nord ! Je prends le temps de mieux examiner la carte entre mes mains. En regardant bien, une petite inscription y figure, « P-413 - Made in Australia ». Soudain on entend Larry crier :

- Fuyez !

Suivi d'un « GRroooOOW »
- Courez pour vos vies !
- Oh Putain, un ours ! Un Putain d'ours !
- On se casse.

Tout se passe très vite. Larry court le plus vite possible. Moi, je suis pris de court au fond de la caverne.

Raph me fait signe de me dépêcher mais il est trop tard. L'ours est déjà sur moi et visiblement je suis sur son territoire. Raph saisit un caillou pour lui lancer dessus. Ça marche ! Je peux m'enfuir ! À trop vouloir capter l'attention de l'animal, ce dernier se retourne sur lui. Raph court aussi vite qu'il le peut mais trébuche et se prend un méchant coup de griffes dans le dos avant de tomber à terre. Par courage ou par bêtise, je cours vers l'ours, lui agrippant la patte avec ma griffe. Il me projette sur cinq ou six mètres sans effort. Je me relève et au moment de me ruer à nouveau sur lui, « PAN ! ». L'ours se retrouve avec un trou de la taille d'une balle de golf dans la tête. Il fait un pas et tombe sur le côté. Larry range son fusil et moi je cours voir mon frère allongé sur le sol, ne bougeant plus.

- Raph, ça va ? Réponds-moi ! Ça va ?

Une voix faiblarde sort de sa bouche.
- J'ai mal Stan. Et j'ai froid…
- Il nous faut de l'aide !
- Les survivants… amène moi aux survivants.
- Ils sont où ?
- A la sortie Est de là où on doit aller. Ils sont dans une usine désaffectée de bonbons.
- On y va !

Il perd beaucoup de sang. Il faut qu'on rejoigne la route et on en aura après pour une bonne journée de marche en le portant. On arrive sur la route et là, quelque chose inattendu s'est produit : les véhicules qui étaient à l'arrêt sont allumés. On peut réactiver le monde ! Vite !

Prenons une voiture pour l'amener. Si ça ne nous amène pas jusqu'au bout, ça nous avancera déjà considérablement. On vire le cadavre séché du volant et c'est parti ! A font sur la route à slalomer entre les voitures à l'arrêt. Ça nous fait gagner un temps précieux, mais uniquement sur quelques kilomètres. Le véhicule retombe vite en léthargie passé une certaine zone.

- Plus que trois ou quatre kilomètres. Courage Raph ! Tiens bon !

Pas de réponse. Il s'est évanoui... On arrive devant l'usine.

- À l'aide ! Par pitié, venez nous aider !

On est accueilli par une garde armée. Mais à la vue de Raph, ils ont vite baissé leurs armes pour le prendre en charge.

- Que s'est-il passé ?
- On s'est fait attaquer par un ours !
- Qu'on appelle vite le doc ! Ne vous inquiétez pas, notre doc fait des miracles !

Je reste à proximité de mon frère le temps que le docteur s'occupe de lui. Larry, quant à lui, tourne en rond se rongeant les ongles.

- Les blessures ne sont pas trop profondes, et à première vue, aucun organe vital n'a été touché. Quelques points de suture, beaucoup de repos et il sera à nouveau sur pieds.
- Merci docteur.

Mon frère ouvre enfin les yeux et me regarde avec un petit sourire en coin.

- Fait pas cette tête. On ne m'enterre pas de suite. Je serais là pour te faire chier encore un petit moment. Allez, va chercher ton général. Tu détiens peut-être le moyen de tout rétablir. Moi je vais me reposer un peu.

- Prend soin de toi. Je te promets de revenir le plus vite possible.

- Larry, file avec lui et restez sur vos gardes. La ville paraît désertée, mais c'est qu'une apparence. Il y a quelques groupes qui y vivent. Soyez vigilants car partout où il y a des survivants, il est possible d'y voir des Harponneurs ou des mercenaires.

- Merci du tuyau. Repose-toi bien. Allez mon gars, on y va !

14

RÉVÉLATIONS

De nouveau en route après avoir laissé mon frère entre les mains du docteur. On reste aux aguets en permanence. Armes en main, toujours sur nos gardes en cas d'urgence. Ce n'est pas le moment de se faire surprendre et de finir empalé ou même en repas pour Harponneurs affamés. La route ne sera pas très longue, une journée tout au plus. Mais trouver où loge le général Clark sera une tâche des plus ardues, en espérant qu'il n'ait pas fui ou été tué. Après une demi-journée de marche, la fatigue commence sérieusement à nous toucher. Le soleil est haut dans le ciel. La chaleur est à la limite du supportable. Vivement qu'on trouve de l'ombre. La ville est proche, on pourra s'abriter du soleil auprès des bâtisses.

Nous arrivons. Enfin les premiers immeubles en vue ! Je craignais de ne jamais les voir. Les rues sont désertiques, aucun signe de vie. Même les véhicules ne sont pas habités de cadavres desséchés. Une vraie ville fantôme. Quelques chats osent lézarder au soleil, en regardant d'un air méfiant les étrangers que nous sommes. Je sors le plan de Charlie. Nous ne sommes plus très loin. Le général Clark habite un des appartements de l'immeuble au coin de la prochaine rue. Allons-y ! Rien à l'horizon, tout a l'air vide. Le bâtiment est immense et laisse penser que c'était des appartements classieux. La façade est lumineuse faite de pierres blanches parsemées de plantes grimpantes. De grands vitrages courbes déforment le reflet des nuages. Des portes automatiques forment un sas vitré avant d'arriver sur un accueil, où devait se trouver le gardien autrefois, et sur quatre portes d'ascenseurs. On ouvre les portes du bas de l'immeuble et on cherche le nom sur les boîtes aux lettres.

- Clark, Clark, Clark ! Douzième étage !

- Faut d'abord trouver l'escalier de service car tu peux toujours attendre l'ascenseur. Mais le réparateur a quatre ans de retard je crois.

- Il y a surement un escalier de secours de l'autre côté de l'immeuble !

On contourne le bâtiment en passant par des ruelles sombres et toujours personne en vue. Pas de bruit, ça en est limite trop calme. On reste sur nos gardes. Après un grand détour pour rattraper le dos de l'immeuble, on trouve effectivement un escalier de service accédant à tous les étages ainsi qu'au toit depuis l'extérieur.

- Grimpons !

- Oui mais discrètement. Si le bâtiment abrite des Harponneurs, j'aimerais pas finir en brochettes pour cannibales dérangés du ciboulot.

Chacun une arme à la main, moi ma griffe et ma hache et Larry, son fusil auquel il a attaché son poignard en guise de baïonnette. Les douze étages nous paraissent interminables, sans compter la hauteur ! Arrivés à ce qui me semble être le huitième étage, je stoppe Larry.

- Écoute !
- Qu'est-ce qu'il y a ?
- Chut ! Écoute ! Des bruits de pas...
- Je n'entends rien.
- Ça s'est arrêté.
- T'es sûr que c'est pas une vilaine insolation que tu me fais là ?
- Prends-moi pour un abruti...

On continue notre ascension. Deux étages plus haut, j'entends à nouveau des pas suivis de chuchotements. J'essuie la vitre de la porte d'accès. Et là, frayeur ! Deux grands yeux me fixent. Je sursaute et me recule tremblant de peur. La silhouette se retourne et part en courant.

- Vite ! Accélérons ! Nous sommes repérés !
- Et merde ! C'était quoi ça ? Des Harponneurs ?
- Je ne sais pas mais activons-nous !!!

On court jusqu'au douzième étage. On ouvre la porte, se glisse dans un des appartements ouverts et on se fait oublier gardant bien nos armes en mains. On écoute, on observe... Plus rien. Pas de bruit ni de mouvement. Comme si le bâtiment s'était vidé par magie. Étrange... On fait le point. On reprend notre souffle quand, une bonne vingtaine de minutes après être restés cachés, je vois entrer des gamins.

- Y a personne monsieur. Ils ont dû partir.

Un homme avec une voix posée dit à son tour :
- Restez attentifs. Ce sont sûrement des Harponneurs. Ils ne doivent pas nous trouver.

L'homme et les enfants quittent les lieux. Je décide de sortir.

- Larry, t'as entendu ? Ils craignent les Harponneurs. Ils ne sont pas des leurs !

- Ils peuvent peut-être nous conduire au général Clark, qui sait ?

- Restons prudents quand même. On ne sait pas de quoi ils sont capables. Mais ça se tente !

On sort de la pièce, puis de l'appartement. Personne. Juste quelques bruits de pas et des murmures. Comme si les murs pouvaient communiquer entre eux. Une ombre file à toute vitesse devant moi puis disparaît.

- Hé vous ! Attendez !

Je lui cours après, plus personne. Mais comment est-ce possible ? J'avance dans les couloirs et ouvre rapidement une ou deux portes d'appartements. Même chose, des silhouettes s'effacent dans les murs, tel des fantômes.

- S'il vous plait ! On ne vous veut aucun mal ! On cherche juste une personne !

- Oui juste quelqu'un. Vous le connaissez peut-être.
- C'est le général Clark.

Et là, la voix posée de l'homme de tout à l'heure répond.
- Que lui voulez-vous ?
- Juste des informations.
- Quels genres d'informations ?
- Au sujet du projet 413.

Soudain un homme très âgé sort de l'ombre.
- D'où connaissez-vous ce dossier ?
- Charles Henri Carvilier.
- Suivez-moi.

L'homme nous guide vers un des appartements. Les pièces sont sobres avec des meubles aux courbes très contemporaines. Tout est accordé avec des couleurs blanche et jaune vif. Beaucoup d'espace, avec un mini potager sous une serre en verre dans le fond. Des miroirs sont disposés un peu partout et au centre de la pièce principale, un canapé blanc, un autre jaune et une table basse grise clair.
- Prenez place et par pitié baissez vos armes ! Je suis le général Lionel Clark.
- On vous a enfin trouvé ! Qu'est-ce que vous savez sur le projet 413 ?
- C'est un dossier top secret. Je ne peux rien vous dire de plus...

Je sors de mon sac le bout de métal portant le signe du dossier et la carte électronique comportant la mention « Made in Australia ».

- Et ça ? Ça vous dit quelques choses ?

- Bon Dieu ! Ce n'est pas possible ! Où avez-vous trouvé ça ?

- Sur une des sphères tombées du ciel.

- J'aurai dû m'en douter. Les salauds ! Malgré les traités, les accords et les interdictions, ils l'ont fait !

- De quoi voulez-vous parler ?

- Vu l'état des événements, je n'ai plus grand chose à cacher. Tout a commencé une quarantaine d'années après la fin de la troisième guerre mondiale. La nouvelle division RussEurope décide de faire des essais de leurs nouvelles armes nucléaires au-dessus de l'océan indien. N'ayant pas appris des erreurs du passé tel que Starfish prime et l'opération Fishbowl en 1962. Ils ont reproduit la même catastrophe puissance dix : un trou monstrueux dans la couche d'ozone au-dessus de l'Australie.

- Je ne vois pas le rapport avec ce qui s'est passé ici...

- Deux minutes. J'y viens. En 2099, une sonde extraterrestre est tombée sur les côtes australiennes. Ça a eu un effet désastreux sur tout le secteur. Panne générale sur toute l'électronique.

- Je le savais que c'était une attaque de ces putains d'extraterrestres.

- Calmez-vous. Vous n'y êtes pas. Après un passage au carbone quatorze, la sonde avait plus de huit cent ans et la planète d'où elle provenait n'existait plus à notre connaissance. Donc rien à craindre du côté de vos « putains d'extraterrestres ». Mais la technologie de la sonde fut décortiquée et étudiée sous toutes les coutures. Le secret, un fort champ à impulsions magnétiques coupant net tout objet comportant le moindre circuit électronique. En 2108, l'Australie est évacuée pour des raisons de santé publique : le trou au-dessus de leurs têtes laissé passer trop de rayons solaires nocifs, provoquant un nombre incalculable de cancers de la peau et de malformations sur les nouveau-nés. L'Australie étant totalement évacuée, elle servait de base de développement technologique dans l'armement. Dix ans plus tard, le passage mondial au cent pourcent automatisé a ouvert l'armée à une nouvelle forme d'armement plus « saine » : un armement qui détruit la technologie et non les hommes. C'est comme ça que naquit le projet 413 en 2155. On devait utiliser le principe de générateur d'impulsions magnétiques utilisé dans la sonde extraterrestre pour détruire toute technologie d'une ville visée, voire d'une région. Mais le projet fut abandonné et le principe interdit à partir de 2192 à cause de la démocratisation des bio-greffes. La possibilité de toucher un pourcentage trop élevé de civils a compromis l'opération. Le site de recherche et celui de production ont été fermés et le dossier classé.

- Mais comment cette catastrophe a-t-elle pu se produire ?

- Je ne sais pas. Le centre étant en Australie, et malgré les protections fournies par l'État, l'espérance de vie des chercheurs restait trop faible. Il reste quand même plusieurs hypothèses : soit, après l'arrêt de la production, les derniers restants ont programmé un lancement pour je ne sais quelle raison. C'est aussi possible qu'un des multiples groupes d'activistes contre la RussEurope ait découvert le projet. Ou encore, des hackers en quête de fin du monde… Je ne sais pas. Il y a tellement de possibilités. Mais maintenant le mal est fait et on ne peut plus revenir en arrière…

- Non, mais nous pouvons faire quelque chose. Nous pouvons désactiver les sphères.

- Oui, certes. Mais vous ne trouverez jamais où se trouve chacun de ces dispositifs.

- Si, avec ça !

Je sors de mon sac la boussole et lui tends.

- Une boussole ?

- Oui, l'aiguille cible le projectile le plus proche.

J'aperçois des têtes nous espionner par les portes et les fenêtres. Je range ma boussole dans la poche et prend ma hache.

- Qui est là ? Sortez de là tout de suite !

- On se calme ! Ils sont avec moi… Sortez, les enfants. Venez ici.

La pièce vide se remplit en un instant, une bonne quarantaine d'enfants de tout âge, du plus jeune au presque adulte. Il y en a encore cachés qui n'ont pas la place de rentrer dans la pièce. Mais combien sont-ils ?

- Comment cet immeuble peut paraître aussi vide avec autant de monde ? Et qui sont tous ces gamins ?

- J'ai recueilli ces enfants car leurs parents sont tous décédés. Et on s'est adapté. Cet immeuble est devenu notre univers. Dès que quelqu'un est repéré, on change de pièce, voire d'étage. Comme ça, le bâtiment semble toujours vide.

- Astucieux ! Pour en revenir à notre discussion, nous avons déjà désactivé un de ces dispositifs et tout est revenu dans l'ordre dans le secteur.

- On a même pu prendre un véhicule jusqu'à la limite de la zone morte.

- C'est vrai ! Puis si on s'y met à plusieurs on pourrait rendre au pays sa technologie et permettre au gens de vivre autrement que dans la peur et la faim. Et faire passer le message de zone en zone.

- Pauvres fous ! Vous êtes dans l'utopie la plus farfelue ! Vous n'y arriverez jamais ! Et quant bien même vous avanceriez, vous seriez anéantis par des Originaux et autres Harponneurs !

- Plus on sera nombreux, moins on sera attaqué !

- Vous êtes des fous…

- Qui sont les plus fous ? Ceux qui veulent rétablir un semblant de vie, ou ceux qui se cachent pour survivre ?

Un bruit de fond se fait entendre. Les gens marmonnent entre eux.

- Partez ! On ne peut rien pour vous. Quittez cet immeuble et cette ville ! J'en ai connu des gens comme vous, ils sont tous mort !

- Vient Larry ! On s'en va…

On quitte le bâtiment. Nous avons des réponses à nos questions mais apparemment le monde se complait dans la souffrance et la peur. L'humain est bizarre. Nous n'avons plus qu'à rentrer. Au moins, j'ai retrouvé mon frère. C'est déjà une bonne chose. J'espère qu'on trouvera des survivants plus motivés ailleurs.

15

RÉACTIVATION

Nous arrivons dans le village de survivants où se trouve mon frère. Raph nous attend dans ses appartements.
- Comment vas-tu ?
- Ça va. Mal partout. Mais moi qui voulais un tatouage sur tout le dos, me voilà scarifié. Que demander de plus hein ?
- T'es con !

Il me fait un grand sourire.
- Alors t'as pu trouver ton général.
- Oui, on en sait un peu plus mais ça nous avance pas à grand-chose au final. Et je me suis rendu compte de la nature humaine.

Je prends le temps de lui expliquer en détails ce qu'il s'est passé et ce que le général Clark nous a expliqué au sujet du projet 413. Raph m'écoute comme un enfant devant une histoire racontée le soir avant de se coucher.

- Tu comptes faire quoi maintenant ?

- Je ne sais pas encore. Je pense retourner voir Charlie pour lui faire un rapport. Je n'aurais pas découvert tout ça sans lui. Et il aura peut-être des idées pour faire réagir ce monde de fou. D'ailleurs, si tu trouves des volontaires parmi le village ça nous fera déjà ça…

- Je comprends. Je vais voir ce que je peux faire.

- Mais d'abord j'attends que tu ailles mieux.

- Ne t'en fait pas pour moi. Vas-y. Je t'attendrai ici. Il ne peut rien m'arriver au village. Plus personne n'ose nous attaquer.

- Ok. Je repartirai demain avec Larry vu qu'il veut rentrer chez lui.

- Tu passeras le bonjour à Charlie de ma part.

- Pas de soucis.

C'est l'heure du départ. Larry sur vélo, moi à pied. Je salue mon frère et nous voilà partis. En route pour la cabane de Larry !

Après quelques jours de marche, je laisse Larry chez lui et retrouve Charlie. On se pose au Winchester pour parler de tout ce qu'il s'est passé.

- Je comprends mieux l'histoire du fichier classé. De mon côté j'ai essayé d'approfondir mes recherches. Tout ce que j'ai trouvé c'est une partie du dossier original de la sonde extraterrestre qui avait été déclassifié. Je n'ai pas eu accès au dossier complet car la sauvegarde tampon ne le contenait pas dans son intégralité. J'ai pu juste savoir que le sigle du dossier correspondait à un des symboles figurant à plusieurs reprises sur la sonde.

- En effet ce n'est pas grand-chose.

- Non. En tout cas, c'est sympa que tu sois revenu me faire un rapport, petit.

- C'est normal. D'ailleurs faut qu'on parle !

- De quoi veux-tu parler, petit ?

- Vous savez la boussole ?

- Oui, que se passe-t-il avec la boussole ?

- Savez-vous où je pourrais en trouver d'autres ?

- Je ne sais pas. Tu n'en trouveras pas ici dans tous les cas. Mais ça n'a pas l'air d'être compliqué à fabriquer. Si on avait accès au serveur central, on aurait accès à cette information. Pourquoi, tu en voudrais d'autres ?

- J'ai dans l'espoir de réunir des gens pour désactiver les sphères et faire passer le message pour remettre en route le maximum de villes.

- Noble quête, petit ! Mais encore faut-il trouver des gens pour te suivre.

- Oui c'est le problème le plus gênant à ce jour, car tout seul je n'arriverais à rien...

- Dans un premier temps je te conseillerai de débloquer le serveur central. Avec un peu de chance, il n'aura pas trop souffert et redémarrera correctement. Il se trouve à la capitale. Je te montrerai sur un plan. Mais ça fait quand même un bon bout de route, tu sais.

- Oui en effet.

- Mais n'y va pas tout seul car tu ne t'en sortiras pas vivant !

- Ne vous inquiétez pas !

- En tout cas, si tu arrives à débloquer le serveur central, tu pourras récupérer tous les renseignements qui te seront nécessaires sur n'importe quel ordinateur en état de marche… comme « comment fabriquer une boussole ? » par exemple !

Il me fait un clin d'œil avec un large sourire.

Je passe encore un petit moment avec mon ami, puis je repars vers le village de survivants. En passant, je passe dire un bonjour à Larry qui finit par me suivre. Après des jours de marche sans encombre, nous arrivons enfin au village. On nous accueille cordialement mais on nous convoque dans la salle du conseil.

- Que se passe-t-il ? Et où est mon frère ?

- Vous allez le voir. Ne vous inquiétez pas, Raph va bien. Il vous attend là-bas.

J'arrive devant l'entrée de la salle. Ça ressemble à une ancienne salle des fêtes. Elle paraît pleine à craquer. J'entre.

- Général Clark ? Que faites-vous là ?

- Ils sont arrivés quelques jours après votre départ.

Un des grands adolescents qui se trouvait avec le général s'avance vers moi.

- Votre discours sonnait juste. On est près à venir avec vous. On n'est pas très âgé, mais on apprend vite. Et on sait se défendre ! Si vous voulez de nous évidemment.

- Vous êtes les bienvenus. Et vous, général Clark, êtes-vous des nôtres ?

- Je suis bien obligé de suivre. Vous avez corrompu les esprits de ces pauvres gamins avec vos idées suicidaires. Je ne peux pas rester dans l'immeuble seul, les bras croisés. Je suis bien conscient que je n'y survivrais pas.

- Que ceux qui veulent se joindre à moi s'approchent. Notre objectif premier sera de réactiver la capitale afin de rétablir le serveur central. De là, on aura de nouveau accès à la connaissance. Il nous faudra nous préparer, autant physiquement que matériellement.

- Où allons-nous trouver les équipements nécessaires ?

- Il y a une ville plus au Sud où les usines fonctionnent toujours et en fouillant les bâtiments désertés, on trouvera ce qu'il nous faudra !

Après quelques semaines de préparation. Nous partons en route vers la capitale pour notre première mission. Nous avons perdu quelques bons éléments en arrivant à la capitale. Et malgré plusieurs attaques de Harponneurs, La mission est finalement un succès. Réactiver le serveur central a également permis de rétablir la communication. Nous nous sommes aperçus que quelques rares villes n'avaient pas été touchées pas le Grand Bouleversement. Nous avons pu ainsi faire passer le message de notre ambition...

Cela fait déjà deux ans que nous avons créé le mouvement des « Réactivateurs ». Nous avons libéré un tiers du pays et établi la communication avec une partie du reste du monde. Le message est passé. Nous ne sommes désormais plus les seuls à nous battre. Les plans de fabrication des boussoles et la méthode pour trouver les sphères à impulsions magnétiques sont diffusés en boucle par le biais de tous les réseaux disponibles. Charlie gère le réseau de communication national et international. Larry, mon frère et moi sommes désormais à la tête des Réactivateurs. Nous parcourons le pays, agrandissant de jour en jour notre communauté. Avec le retour des industries agroalimentaires, les Harponneurs se font de plus en plus rares. Les Originaux n'osent plus sortir. Ils ne font plus leur loi. L'ordre revient peu à peu. On encourage la transmission du savoir par voies orales et des écoles physiques se recréent à droite et à gauche. On ne sait pas si on arrivera à redresser le monde, ni si tous nos efforts dureront. Mais quoi qu'il arrive, nous sommes prêts !

SOMMAIRE